あさだりん 作　新井陽次郎 絵

まっしょうめん！

小手までの距離

偕成社

装丁　中嶋香織

もくじ

一　夏と防具《ぼうぐ》

なんだろう、これは。

ばかでかい金平糖《こんぺいとう》のような物体を前に、わたしの手はふるえていた。その物体は、青と灰色《はいいろ》と茶色のまじりあった複雑《ふくざつ》な色をしている。

いじりすぎたんだろうか。こねすぎたんだろうか。

夏休みの宿題の工作。紙粘土《かみねんど》で、宇宙《うちゅう》をモチーフにした貯金箱《ちょきんばこ》を作っているはずだった。星に見立てた豆電球《まめでんきゅう》をうめこんで、お金を入れたらピカッと光るようにする予定だった。

でも、これは……なに？　宇宙というより、ダークマター？

はあーあ。

前のめりになると、ごんっ、と音を立てておでこが机《つくえ》にぶつかった。

不器用《ぶきよう》なの。小さいころから不器用なの。工作とか、ほんとうに苦手なの。

「成美《なるみ》ちゃん、お昼ごはんはなにがいい？」

ガチャッとドアがあいて、ママが顔をだした。

「ママ……、おねがい、てつだって……。」

わたしは、机につっぷしたままいった。

「工作？　ムリムリ、ママ、不器用だから。」

知ってる。幼稚園《ようちえん》のときに作ってくれたキャラ弁、ネコなのかイヌなのかタヌキなのか、わけわからなかったもん。

不器用って、遺伝《いでん》なんだね。ママを見ていると、なおる気がしない……。

後ずさりしてドアをしめようとしたママは、「ん？」という顔をしてまた首をつっこんできた。

「なんか、くさくない？」

「え？　そう？」

わたしは部屋を見まわした。

「うん、くさい。こっちのほうから……。」

ママは鼻をひくひくさせながら、部屋のなかをすすんでいく。そして、ベッドの横に無造作《むぞうさ》におかれている防具袋《ぼうぐぶくろ》の前で、止まった。

「これじゃない？　なかの防具、ちゃんと手入《てい》れしているの？」

「えっと……。」

最後《さいご》に稽古《けいこ》をしたのは、お盆休《ぼんやす》みの前。その日はつかれて寝《ね》てしまって、それから一週間……そのまま？

ママは防具袋のひもをゆるめて、なかからボクシングのグローブのようなものをとりだした。これは、剣道《けんどう》の小手《こて》。わたしは、顔につける面《めん》、手にはめる小手《こて》、胸《むね》とおなかをおおう胴《どう》という防具一式《いっしき》を、監督《かんとく》から貸《か》してもらってつかっている。

「ほら、やっぱりこれよ。」

ママは鼻をおさえる。むわーん、と汗《あせ》くさいような、納豆《なっとう》のような、ぞうきんのような、なんともいえないにおいがただよってくる。

わたしはママから小手《こて》を受けとって、おそるおそる鼻を近づけてみた。

ツーン。

「ぶはっ。」

わたしはなぐられたように、首を後ろにのけぞらせた。

「どうしよう、これ。洗《あら》えるの？」

「洗ったらダメになっちゃうんじゃないかな。とりあえず、消臭《しょうしゅう》スプレーをして、風とおしのいいところに……。あら、見てこれ。」

ママは面《めん》をとりだした。こめかみにあたる部分、紺色《こんいろ》の布《ぬの》がはってあるところに、なんだか点々《てんてん》と白い粉《こな》のようなものが……。

「これって、まさか……。」

「カビ？」

ママは面をほうりなげた。

「キャー！」

わたしとママは手をとりあって、ドアのほうへ逃《に》げていった。

「どうする？　どうする？」

「どうする、っていわれても、どうにかしないと……。」

ママはおそるおそるもどっていき、指先でつんつんと面《めん》をつついた。

「あら？」

ママは、白い物体をそっと指でぬぐった。

「カビじゃないわ。これ、塩《しお》よ。」

「塩？」

「汗《あせ》をかいてそのままにしておいたから、塩がういてきたのよ。」

「はー、よかった。カビじゃなかったんだ。」

わたしはホッと胸《むね》をなでおろした。

「よかった、じゃないでしょ！」

ママはふりむいた。まゆ毛とまゆ毛のあいだに、しわがよっている。

これは、危険《きけん》なしるし。

「お借《か》りしている防具《ぼうぐ》でしょ！　なんでちゃんと手入れしないの！　こんなずぼらなこ

と、ゆるしませんよ！」
わー、やっぱり怒《おこ》られた。
わたしは急いで、消臭《しょうしゅう》スプレーやタオルをとりに、走っていった。

二

小手《こて》ってむずかしい

「真夏《まなつ》に一週間も袋《ふくろ》に入れっぱなしだと、そうなっちゃうよ。」

茜《あかね》さんはグッグッとアキレス腱《けん》のストレッチをしながら、わらった。

「稽古《けいこ》がおわったら、すぐにスプレーして、干《ほ》しておかないと。」

「ですよね。その後、すぐにベランダに干しました。」

「あ、でも日光にあてちゃだめだよ。いたんじゃうから。かげ干《ぼ》しが基本《きほん》。」

茜さんは正座《せいざ》して、防具袋《ぼうぐぶくろ》から自分の防具をとりだした。茜さんの胴《どう》は、あざやかな赤い色だ。よく手入《てい》れをしているらしく、つやつやと光っている。

「成美《なるみ》ちゃん、見て。」

茜さんは、胴の裏側《うらがわ》をチラリ、とわたしのほうにむけた。

そこには、キラキラした花もようのシールが、ふちをとりまくようにはってあった。

「えっ。こんなこと、してもいいの？」

わたしはびっくりして、茜《あかね》さんの顔を見かえした。茜さんはいたずらっぽくわらっている。

「お父さんには、ナイショ。」

茜さんのお父さんは、わたしたち瑞法寺《ずいほうじ》剣道《けんどう》クラブの監督《かんとく》。剣道《けんどう》ひとすじ、監督としてはすごい人だと思うけれど、茜さんはいろいろ不満《ふまん》があるみたいだ。

「こういうのでもないとさ、気分があがらないじゃない？　あのね、高校生の大会とか行くと、すごいよ。体育館じゅう、くさいから。」

「えっ。」

わたしは、一週間熟成《じゅくせい》された小手《こて》のにおいを思いだして、顔をこわばらせた。あんなのが体育館に充満《じゅうまん》していたとしたら、それはもう……。

「あれをかいだとき、決めたの。こんなところで、わたしの青春をムダにしちゃいけない、って。高校に入る前にやめてやる、って。」

茜《あかね》さんは、監督《かんとく》に裏側《うらがわ》が見えないように、すばやく胴《どう》をつけた。茜さんはすっごく剣《けん》道《どう》が強いのに、剣道が好《す》きじゃないらしい。わたしはモデルになるの、っていうのが口ぐせ。

「ほら、いつまでもしゃべっているんじゃない。稽古《けいこ》をはじめるぞ。」

監督の声に、わたしも急いで胴をつけて、立ちあがった。全員で準備体操《じゅんびたいそう》をして、素《す》振《ぶ》りをはじめる。

はー、ひさしぶりだなあ、このピリッとした空気。

石田《いしだ》くんは、わたしと目があうと、ニコッとしてうなずいてくれた。わたしたちは同じ小学校に通っていて、石田くんは六年二組、わたしは六年三組。やさしくて、初心者《しょしんしゃ》のわたしに剣道のことをいろいろ教えてくれる。

浩次郎《こうじろう》くんはおもしろくもないような顔をして、ツン、と目もあわせない。浩次郎くんは瑞法寺剣道《ずいほうじけんどう》クラブの四人のなかで、ただひとりの五年生だ。茜さんの家のとなりに住んでいて、わたしに対してはちょっと意地悪《いじわる》。

面《めん》をつけたら、大きく切りかえしをはじめる。

切りかえしは、まず面のまんなかを打《う》つ。つぎに相手《あいて》の面の左側《ひだりがわ》、右側を交互《こうご》に打ちながら、前に四歩でて、後ろに五歩さがる。最後《さいご》は、また面《めん》のまんなかを打つ。剣道《けんどう》の基本《きほん》がつまっているといわれる稽古《けいこ》だ。

切りかえしがおわったら、面打ちの練習、小手打《こてう》ちの練習とつづく。小手打ち、というのは相手の右手首のあたりを打つ技《わざ》だ。

監督《かんとく》とむかいあい、おたがいに竹刀《しない》をむけると、監督は右手をスッとあける。それは小手を打て、というサイン。

「えっと、えっと、小手……。」

わたしはすぐに反応《はんのう》できなくて、もたもたと竹刀をふりまわしてしまう。

「成美《なるみ》、そんなに竹刀を高くふりかぶらなくていいぞ。両うでの下から相手の小手が見えるくらいの位置《いち》まであげて、まっすぐ、ふりおろす。こうだ。」

「はい。」

監督は、わたしの竹刀の先をつかんで、まっすぐにおろす。

「よし、もう一回。」

監督《かんとく》はまた、スッと右の小手《こて》をあける。

えっと、小手が見える位置《いち》までうでをあげて、まっすぐおろして……。

わたしは慎重《しんちょう》に、監督の小手に竹刀《しない》の先をあてた。

「コテッ。」

「足が止まっているぞ。足からうごけ。」

小手を打《う》つって、むずかしい。

打つ場所が、面《めん》より格段《かくだん》に小さい。手首の上、ほんの十五センチぐらいしかない。それを竹刀の先で、正確《せいかく》にとらえなきゃいけない。それもうごきながら。

しかもわたしは、ママゆずりの不器用者《ぶきようもの》。こんなところで、その不器用さがあだになるなんて。

稽古《けいこ》がおわり、道場《どうじょう》のぞうきんがけをしていると、耳もとでボソッと声がした。

「へたくそ。」

ハッと横をむくと、浩次郎《こうじろう》くんがならんでぞうきんがけをしながら、バカにしたような笑顔《えがお》をうかべている。

「小手《こて》を打《う》ってのはさ、センスがいるんだよね。タイミングを読めるセンスがなきゃ、むり。成美《なるみ》みたいにもたもたしてたら、百年たってもむり。」

最初は無視していたけれど、ずーっと耳もとでしゃべりつづけるので「ちょっとだまって」といってぞうきんを投《な》げつけてやった。浩次郎《こうじろう》くんはひょいと頭を低《ひく》くして、飛《と》んできたぞうきんをかるくかわした。

「ダッセー、はずしてやんの。ぞうきん投げるセンスもないですね。」

ぐっ。いいかえせない……。

立ちあがってぞうきんをとりにいこうとしたら、監督《かんとく》がやってきてわたしが投げたぞうきんをひろいあげた。

「おい、そこのふたり。ぞうきんであそぶんじゃない。」

監督はひろったぞうきんをわたそうとして、ふと、首をかしげる。

「このぞうきんはどっちのだ？」

わたしが手をあげる。

「はい、わたしのです。」

監督《かんとく》は「なるほどね」と意味ありげなふくみわらいをしながら、ぞうきんをかえしてくれた。

なんか、イヤな予感《よかん》。

あんのじょう、むかえにきたママにむかって監督はいった。

「林《はやし》さん、成美《なるみ》には毎日家でもぞうきんがけをさせてください。家じゅうぜんぶ、なるべくたっぷりと。」

「げっ、ぞうきんがけ？」

わたしが声をあげるのと同時に、ママはおつかいをたのまれた一年生みたいにはりきって答えた。

「はい、ぞうきんがけですね。わかりました。」

「ママ、うちにはぞうきんないじゃない。いつもハンディモップでしょ？」

「じゃあ、成美ちゃんのためにママがぞうきんぬってあげる。ピンクのタオル、だいぶ古くなってるし、ぞうきんにしちゃおうかな。かわいいのができるわよ。」

「そうじゃなくって、なんで、家でもぞうきんがけしなくちゃいけないのかってききたいの……。」

監督《かんとく》が楽しげに口をはさむ。

「そりゃあ、家はきれいなほうがいいじゃないか。ねえ、林《はやし》さん。」

「もちろん、そのとおりですよ。」

もう、このふたりはすぐに結託《けったく》するんだから。

防具袋《ぼうぐぶくろ》をせおい、しおしおと道場《どうじょう》をでようとしたわたしの背中《せなか》に、監督が追《お》いうちをかける。

「成美《なるみ》、ぞうきんはかたくしぼれよ！」

お、鬼《おに》だ……。

三

マニャーニャ、マニャーニャ、マニャーニャ

「はあ……。」

ため息をついたら、わたしの机《つくえ》のほうからも、深くて長い息の音がきこえた。

「はあ……。」

ひらいたままのパソコンのなかで、パパがため息をついている。

「すぐにはうまくいかないよね……。」

「すぐにはうまくいかないもんだよな……。」

わたしとパパは、地球《ちきゅう》のむこうとこっちで、同時に同じことをいった。

顔をあげると、画面《がめん》のむこうのパパと目があった。

「おはよう、成美《なるみ》。」

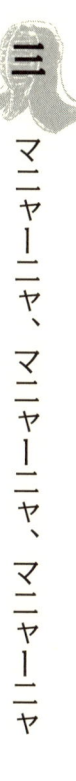

「おはよう、パパ。っていっても、こっちはもうおやすみ、だけど。」

パパは、メキシコに単身赴任中《たんしんふにんちゅう》。だいたい、わたしが寝《ね》る前の時間にインターネット電話をかけてくる。そうすると、パパはちょうど会社に行く前の時間なんだって。

「パパ、どうしたの？　新しいプロジェクト、うまくいってないの？」

「うまくいってる……のかな？　うまくいってない……ともいえるし。」

パパはあやふやな口調《くちょう》でいいながら、手にもったくしで口ひげの手入《てい》れをはじめた。

「それって、どっちなの？」

「まあまあ、うまくいってるよ。成美《なるみ》が心配《しんぱい》することじゃない。」

「パパ。」

わたしは、あらたまった口調でいった。

「なんにもいってくれないほうが、かえって心配だよ。ちょっとぐらいはわたしにも相談《そうだん》してよ、ね？」

「成美。」

パパは画面《がめん》に顔をよせた。うるうるした目がアップになる。

「ちょっと前まで、あんなに小さかったのになあ。仕事の相談《そうだん》をしろ、なんていわれる日がくるなんて……。」

「そういうのいいから、パパ。なにかうまくいってないこと、あるんでしょう？」

パパは小さくため息をついて画面《がめん》からはなれた。左手にもった鏡《かがみ》に視線《しせん》をうつし、右手にもったくしで慎重《しんちょう》に口ひげをととのえながら、話しだす。

「『この仕事をこの日までにできますか？』ってきくと、みんな『できます』っていうんだよ。で、その日になって『あの仕事は？』ってきくと、『マニャーニャ』って。あ、この『マニャーニャ』って『あした』って意味な。つぎの日にきくとまた『マニャーニャ』、そのつぎの日も『マニャーニャ』。マニャーニャ、マニャーニャ、マニャーニャって、パパはネコじゃないんだぜ。」

「マニャーニャ、マニャーナ、マナーニャ。あれ？　うまくいえない。」

「パパはスラスラいえるぞ。毎日それればっかりきかされてるから。」

パパはおどけたうごきで、くしを机《つくえ》の上にほうりなげた。

「日本みたいにきっちり時間を守る国はめずらしいって、わかってはいるんだけどなぁ。

でも、新しいプロジェクトもすすめていかないといけないし……。」

パパはもう一度、ため息をついた。

「成美《なるみ》は？　なにがうまくいってないんだ？」

「あのね、剣道《けんどう》で小手《こて》を練習してるんだけど、なかなかうまく打《う》てなくて。わたし、ママに似《に》て不器用《ぶきよう》でしょう？」

「まあ、あのママに似たらなぁ。パパの髪《かみ》の毛《け》をきろうとしてくれたのはいいけど、気がついたらコケシみたいになってたもんなぁ。」

「わたしにつくってくれた図書袋《としょぶくろ》も、まわりをぜんぶぬっちゃってどこからも本を入れられなかったのよね。」

わたしとパパは、顔を見あわせて「ふふっ」とわらった。

「成美、メキシコ方式《ほうしき》のほうがいいかもしれないぞ。マニャーニャ、マニャーニャっていってるうちに、いつのまにかできてるかもしれないよ。」

「うん。パパもあせらないで、マニャーニャね。」

「おやすみ、成美。」

「いってらっしゃい、パパ。」

パソコンをとじて、わたしはベッドにもぐりこむ。

きっと、そう。なんだって、すぐには上達《じょうたつ》しないよね。

目をとじて、呪文《じゅもん》のようにとなえてみる。マニャーニャ、マニャーニャ、マニャーニャ。

四

深い？　速い？　おそい？

「石田《いしだ》くーん。」

　大声でよびかけると、校庭のはじを歩いていた石田くんは、ゆっくりとふりむいた。

両うでに、サッカーボールを三つもかかえている。

「うわっ。」

　ふりむいたひょうしに、石田くんはサッカーボールをひとつとりおとした。

「だいじょうぶ？」

　わたしは走って追いついて、ボールをひろいあげた。

「あ、ごめん。」

　石田くんはのこったふたつのボールをひざでささえながら、わたしにむかって手をのばす。

「いいよ、これはわたしがもってく。これでちょうどふたつずつでしょ？」

わたしも、ドッジボールをひとつ手にもっていた。あいているほうの手でサッカーボールをかかえあげる。

わたしたちはならんで、校庭のすみにある倉庫《そうこ》にむかって歩きだした。

「わたしね、きょうは運《うん》がわるくって。ちょうどわたしがボールをキャッチした瞬間《しゅんかん》に、チャイムが鳴っちゃったの。うちのクラスはね、チャイムが鳴ったときにボールをもっている人が片《かた》づけにいくってきまりなんだ。石田《いしだ》くんは？」

「うちは……。」

石田くんは、口ごもった。

「チャイムが鳴ったら、みんなパッと走るんだ。それで、最後《さいご》にフィールドにのこっていた人が片づけるっていうか……。」

あ。なんか、わるいこときいちゃった気分。

前に、石田くんのクラスの男子が、「石田は足がおそくてつかえない」とかいっているのを、きいたことがある。

だめだ。いまは、顔を見ちゃいけない。

えーっと、話題話題……。

「石田《いしだ》くん。小手《こて》って、どうやったらうまく打《う》てるの？」

わたしは倉庫《そうこ》のドアを、力をこめて引っぱりながらきいた。

「うーん。小手かぁ。」

「わたし、不器用《ぶきよう》だからなかなかうまく打てなくて。」

石田くんは、うす暗い倉庫《そうこ》のなかにあるかごをめがけて、サッカーボールをポンポンと投《な》げいれた。

「あのさ、林《はやし》さんさえよかったら、早めに道場《どうじょう》に行っていっしょに稽古《けいこ》しない？」

「ほんと？　わたしへたくそだけど、いいの？」

石田くんはわたしのドッジボールもかごのなかに投げいれてくれて、ふりむいて照《て》れたようにわらった。

「ぼくもさ、小手はあんまり得意《とくい》じゃないんだ。試合《しあい》でもなかなか決まらなくて。いっしょにやってくれるとぼくもたすかる。」

「うん、やる。いっしょにやろ。」

よかった。石田《いしだ》くんなら、安心していっしょに稽古《けいこ》できる。浩次郎《こうじろう》くんみたいに意地《いじ》悪《わる》なことはぜったいにいわないから。


「コテーッ。」

石田くんがあけてくれた右手を、わたしは竹刀《しない》の先でバシン、と打《う》った。

ふりむくと、石田くんがいう。

「林《はやし》さん、深いよ。もっと手前でふみきったほうがいいよ。」

「はい。」

深い？　深いってどういうことかな。とりあえず、いわれたとおりもうちょっと手前でふみきってみよう。

「コテーッ。」

「まだ深い。自分が思ってるよりもっと遠くから、もっと思いきってふみこんでみなよ。」

「はい。」

なんどかやった後、交代《こうたい》して、つぎは石田《いしだ》くんが打《う》つ番。

「コテーッ。」

バシッ！

石田くんは、あっというまに後ろにかけぬけた。

うわー、うでがじんじんする。石田くん、力あるもんな。

「すごくじょうずじゃない、石田くん。ほんとうに小手《こて》、苦手なの？」

「試合《しあい》だと、なかなか決まらないんだよ。おれ、トロいから……。」

面《めん》のむこうで、石田くんの顔がくもったのがわかる。ボールをうでいっぱいにかかえて、最後《さいご》にフィールドにのこった人が片《かた》づけるんだよ、っていったときも、こんな顔をしていたんだろうか。

たまらない気持ちになって、わたしはいった。

「じゅうぶん速いよ。わたし、試合でこんなふうに打たれたらよけられないもの。」

「速くないよ！」

石田《いしだ》くんはふりむいて、急に強い口調《くちょう》でいった。

「こんなんじゃおそいんだよ、ぜんぜんダメなんだ。」

そうなの？　石田くんでも速いと思っているわたしの立場って、いったい……。

「ごめんなさい、役《やく》に立《た》たなくて……。」

わたしはシュンとしていった。

そのとき、ガラッと戸があいて、監督《かんとく》と茜《あかね》さん、浩次郎《こうじろう》くんが一度にドヤドヤと入ってきた。

わたしたちはあわてて竹刀《しない》をおさめる。

「おいおい、ふたりでなにやってるんだ？　わたしがいないときにあんまり先走《さきばし》って稽《けい》古《こ》したらダメだぞ。」

監督が心配《しんぱい》そうにいう。

「今週末《こんしゅうまつ》は、市民《しみん》スポーツ祭があるからな。ケガするなよ。」

「市民スポーツ祭？」

わたしは首をかしげた。

「ああ、成美《なるみ》ははじめてだったな。今回《こんかい》は個人戦《こじんせん》だぞ。まあ、いつものとおり、自分がいまやれるだけのことをしっかりやればいいだけだ。」

個人戦って、はじめて。団体戦《だんたいせん》みたいに、自分が足を引っぱっているんじゃないかって気にしなくていいだけ、ましかもしれない。

大会までに、小手《こて》をちゃんと打《う》てるようになれればいいなあ。

五　たいへん!

「ほんとうに、きょうも稽古《けいこ》していいの?」

わたしはおずおずときいた。

「うん。」

石田《いしだ》くんは頭に手ぬぐいをまきながら、サラッといった。

「林《はやし》さん、なんかさ、このあいだ、ごめんね?」

「え?」

「いい方がきつかったかなーって、ちょっと思ったんだ。気にしてなければいいけど。」

「うん。」

わたしは面《めん》を両手でもちあげた。なかをのぞきこみ、塩《しお》をふいていないかどうか確認《かくにん》してかぶる。

「うん。気にしてないよ。」

ほんとうは、気にしてたけど。でも石田《いしだ》くんの気持ち、わかるから。

だからわたしは、気にしてないふりをする。

「それでさ、林《はやし》さんさ、間合《まあ》いがよくわかってないから、打《う》ちにくいんじゃないかと思うんだよ。きょうは間合いの練習からはじめてみよう。」

「石田くん……。」

なんか、じーんとしてしまった。

石田くんだって、いろいろたいへんなのに。わたしの練習方法まで、考えてくれていたなんて。

わたしはぎゅっと面《めん》ひもをむすび、小手《こて》をはめて立ちあがった。

「よろしくおねがいします！」

礼《れい》をして、竹刀《しない》を石田くんにむける。

「いい？　これが遠間《とおま》。」

石田《いしだ》くんは、おたがいの剣先《けんさき》がさわるかさわらないかぐらいの距離《きょり》に立った。

「それで、これが一足一刀《いっそくいっとう》の間合《まあ》い。」

石田くんがすこし前にでると、剣先がバッテンに交《まじ》わった。

「一足一刀の間合いっていうのは、一歩ふみこんだら相手《あいて》を打《う》てる距離ってことだよ。この間合いからはじめよう。打ってごらん。」

「はい。」

わたしは息をととのえて、石田くんの小手《こて》をねらう。

「コテーッ。」

バン、と打ってすり足《あし》で石田くんの横をぬける。すり足、というのは足の裏《うら》で床《ゆか》をするような、剣道《けんどう》の足のはこび方だ。

ふりかえってすぐに中段《ちゅうだん》にかまえ、相手から反撃《はんげき》がきても反応《はんのう》できますよ、という気がまえをしめす。この残心《ざんしん》がないと一本にならないぞ、と監督《かんとく》は口をすっぱくしてわたしたちにいう。

石田くんがこちらをむいていった。

「打《う》ちが弱いよ。それに、手が先にうごいてる。足と手と、同時に打つんだ。」

「はい。」

もっと強く。足は、もっと速く。

「コテーッ。」

思いきって前にぬけようとした瞬間《しゅんかん》、竹刀《しない》の先がなにかにつっかかり、ぐにゅり、ともごすり、ともつかないイヤな感覚《かんかく》が竹刀の先から手に伝《つた》わってきた。

「うっ。」

石田《いしだ》くんが、うめき声をあげてくずれおちる。

「石田くん？　石田くん？　だいじょうぶ？」

わたしはあわててかけよった。

足を速く、速く、とばっかり思っていたから。打った後、竹刀をあげるスピードが間《ま》にあわなかった。竹刀の先が石田くんの剣道着《けんどうぎ》のそでのなかに入ってしまい、うでを思いっきり突《つ》いてしまったんだ。

そのとき、ガラッと音を立てて道場《どうじょう》の戸《と》があいた。

「太一《たいち》、どうした？」

監督《かんとく》が、あわててかけよってくる。

「どうしよう……わたし、小手《こて》を打《う》つのに失敗《しっぱい》して……。」

わたしはただオロオロと、石田《いしだ》くんの肩《かた》のあたりをさすることしかできなかった。

監督は、手早く石田くんの剣道着《けんどうぎ》のそでをまくりあげた。

ひっ。

わたしは、大きく息をのんだ。

右ひじのまわり。大きく紫色《むらさきいろ》に、内出血《ないしゅっけつ》してる。あじさいの花みたいに。

「太一、ここか？」

紫色の部分よりもっと上、にのうでの内側《うちがわ》のほうが赤く腫《は》れている。監督はそこをそっと手でさわった。

「いたっ。」

石田くんが顔をしかめる。

きょう打っただけで、こんなに紫色になるはずがない。この前の稽古《けいこ》でも、わたしは小手《こて》をはずしまくっていたんだ。

深い、深いって何回もいわれたのに。深いの意味がわかってなかった。わたし、小手からはずれて、上のほうばかり打《う》ってたんだ。

「念《ねん》のため、病院《びょういん》に行っておこうか。」

「だいじょうぶです、もうだいぶいたくなってきましたから。」

「念のため、だ。」

監督《かんとく》は、石田《いしだ》くんに手を貸《か》して立たせた。

「わたしの安心のために、診《み》てもらっておいてくれ、な？　それからふたり、お説教《せっきょう》だ。わかるな？」

監督はわたしに鋭《するど》い一《いち》べつをくれながら、石田くんの肩《かた》をだきかかえてでていった。

わたしはただ、ふるえながら立ちつくしていることしかできなかった。

六
石田《いしだ》くんの家

「ここみたいよ。石田《いしだ》くんの家。」

ママはナビを確認《かくにん》しながら、車を停《と》めた。

その日の夜。ケガをさせてからもう何時間もたっているのに、車の後ろの席《せき》でわたしはまだふるえていた。ふるえながら、めそめそしていた。

「そんなに泣《な》かなくても。石田くんのお母さんも、ただの打撲《だぼく》ですからだいじょうぶです、って電話でおっしゃっていたでしょう？」

知ってる。

でも、竹刀《しない》の先から手に伝《つた》わってきた、あの感触《かんしょく》が消えない。

この前の稽古《けいこ》でつけたらしい、紫色《むらさきいろ》のあざもこわかった。防具《ぼうぐ》の上から打《う》たれたたって小手《こて》はいたいのに、わたしはあんなにはずしまくってた。石田《いしだ》くんは、どれだけいたかっただろう。それなのになにもいわないで、稽古《けいこ》の相手《あいて》をしてくれていたんだ。

「さあ、行くわよ。」

ママはケーキの箱をかかえて、車からおりた。わたしもうつむいたままママの後ろに立った。

小さな一軒家《いっけんや》だった。門はなく、道からすぐのところに古びた木のドアがある。ブロック塀《べい》と家の壁《かべ》のすきまに、いろいろな大きさの自転車がおしこめられている。

ママがチャイムをおすと、ドアのむこうからくぐもった「ビー」という音がきこえた。

「はーい。」

明るい声がして、ドアがひらいた。

せまい玄関《げんかん》には、たくさんの靴《くつ》がこれでもか、というほどちらばっていた。奥のほうから、テレビの音と小さな子どものわらい声がきこえてくる。

「あらー、わざわざきてもらってごめんなさいね。なんだか、かえって心配《しんぱい》かけちゃったみたいで……ほら、太一《たいち》、太一。林《はやし》さんよ。」

石田《いしだ》くんにそっくりなまるい顔をしたお母さんが、ニコニコと話しかけてきた。

「えーっ。林さん、わざわざきたの？」

石田くんがでてくると、その後から小さな影《かげ》がわらわらとついてきた。

「だれ？　だれ？」

「女の子だ。」

「彼女《かのじょ》？」

おさげの女の子のほうは、見たことがある。石田美咲《みさき》ちゃん、同じ学校の二年生。石田くんの妹だったんだ。小さい男の子のほうは、見たことない子だな。まだ五歳《さい》くらいかな。

「ちがうよ、バカ。あっちいってろ。」

石田くんがどなりつけると、ふたつの小さな影は、ワーッと声をあげながら逃《に》げていった。

「ただの打撲《だぼく》でね、湿布貼《しっぷは》ってればなおるって。病院《びょういん》いくこともなかったのよ。大げさにいたがるからびっくりしちゃったわよねぇ。」

石田《いしだ》くんのお母さんは、すまなそうにいう。

「ほんとうに？　ほんとうにだいじょうぶなの？」

わたしは、石田くんの顔色《かおいろ》をうかがいながら問いかける。

「だいじょうぶだよ。」

「でも……あの……うでのところが紫色《むらさきいろ》になってて……。」

「あんなの、剣道《けんどう》やってたらよくあることだよ。」

よくあること――。

石田くんはなぐさめるつもりでいってくれたのだろうけど、その言葉は、弱っているわたしの心をさらに弱らせた。

剣道をやっていたら、また、だれかをケガさせてしまうことがあるのかな。きずつけるつもりがなくても、きずつけてしまうことがあるのかな。

「あしたの試合《しあい》は、でられる？」

おそるおそるきくと、石田くんのお母さんがわりこんできた。

「念《ねん》のために、一週間ほど休んだほうがいいそうなんですよ。だから、あしたの試合は……。」

「でるよ。ぜったいでる。」

石田《いしだ》くんが、強い口調《くちょう》でお母さんの言葉をさえぎった。

「だめだっていったでしょう？」

「でも……。」

「太一《たいち》。」

お母さんにたしなめられて、石田くんは不満《ふまん》そうに口をつぐんだ。

「試合《しあい》にはでないけど、ちゃんと行かせますから。あしたはマネージャーがわりですよ。」

お母さんはにこやかにわらうけれど、石田くんの表情《ひょうじょう》はいつもよりかたくて、わたしはますます申《もう》し訳《わけ》ない気持ちになってしまう。

「あの、これ、みなさんでめしあがってください。」

ママがケーキの箱をさしだした。

「いいえ、そんな……。」

石田《いしだ》くんのお母さんはことわろうと両手をふった。

「でも、楽しみにしているみたいですよ。」

ママは家の奥《おく》のほうに目をやった。ふたつの小さな顔が、ドアのかげからケーキの箱に熱《あつ》い視線《しせん》をそそいでいた。

「あら、すみません、ほんとうに……。」

石田くんのお母さんが恐縮《きょうしゅく》しながら箱を受《う》けとると、ふたつの影が「わーい」とさけびながら飛《と》びだしてきた。

「いま食べていいの？」

「寝《ね》る前だけどいいの？」

「こら、やめろ。」

石田くんが止めても、弟も妹もききやしない。ケーキの箱を奪《うば》いとっていなくなってしまった。

「すみません、あの子たちったら……。」

「ごめんね、林《はやし》さん。」

あやまりに行ったはずが、反対にぺこぺこ頭をさげられながら、わたしとママは車に乗りこんだ。

リアウィンドウから後ろを見ると、ひらいたドアから明るい光が道にこぼれでていた。小さな影《かげ》がふたつ光のなかに転《ころ》がりでて、ピョンピョンと踊《おど》るように手をふっている。石田《いしだ》くんがその影を順番《じゅんばん》にかかえあげて、家のなかにおしこんでいた。

石田くん、家ではお兄さんなんだなあ。

「ママね、成美《なるみ》のこと、いろいろ心配《しんぱい》してきたのよね。」

ふいに運転席《うんてんせき》から声がしたので、わたしはふりかえった。

「小さいときから争《あらそ》いごとがきらいで、おもちゃだってすぐ人にゆずっちゃうような子だったから。学校でいじめられてるんじゃないか、とか、知らない人についていったりしてないか、とか心配してた。剣道《けんどう》をはじめても、いたい思いをしてるんじゃないか、ケガするんじゃないか、ってね。そっちばっかり心配してて、あなたがだれかにケガさせるなんて、一度も考えたこともなかった。」

対向車《たいこうしゃ》のヘッドライトが流れていく。ママの真剣《しんけん》な顔が、バックミラーにうつしださ

れた。

「ママって、バカね。ほんとうに、一度も考えたことなかったのよ。」

ママ。わたしだって、そんなこと考えたこともなかったよ。

石田《いしだ》くん、きっといいたかったよね。

あやまってもらって「いいよいいよ」ってゆるすのは、いままで、そんなにむずかしいことじゃなかった。だって、わたしはわるくなかったから。ゆるしてあげるほうだったから。

あやまる側《がわ》って、こんなに胸《むね》がいたいんだ。「いいよいいよ」っていってもらったのに、重苦《おもくる》しい気持ちがいつまでも消えない。

ダメダメ。こんなことばかり考えてちゃ、ダメ。

わたしはブンブンと頭をふった。

気持ちをきりかえなくちゃ。あしたは試合《しあい》なんだから。

わたしは座席《ざせき》に深くすわりなおし、手にのこるいやな感触《かんしょく》をすこしでもふりはらおうと、両手をひざの上でにぎりしめた。

七

開会式

「成美《なるみ》ちゃーん、こっちこっち。」

茜《あかね》さんが手をふる。

そのまま茜さんは、野球のユニフォームを着た一団《いちだん》にのみこまれていった。

「まって、茜さん、まって。」

わたしは、野球少年の川をかきわけながらすすむ。

やっとのことで、茜さんの剣道着《けんどうぎ》のそでをつかんだ。

はあ、よかった。石田《いしだ》くんも浩次郎《こうじろう》くんもいる。

「すごい人ですね。」

わたしはゼイゼイしながら体育館を見まわした。

体育館のなかには、いろんな服の軍団《ぐんだん》がいた。野球の軍団はアリの群《む》れのようにいっぱいいる。赤・青・緑、カラフルで目立つのはサッカーのユニフォームの軍団だ。タンクトップみたいなのを着ているのはバスケットボールで、あっちのジャージはたぶんバレーボール。わたしたちの前にいる白い道着《どうぎ》の子たちは、柔道《じゅうどう》かな？

「市民《しみん》スポーツ祭だからね。ま、こんなに人が多いのは開会式と閉会式だけよ。」

わたしは茜《あかね》さんの後ろにならんだ。剣道着《けんどうぎ》と袴《はかま》を着ている人の列は、サッカーの列のとなりだ。サッカーの子の人数は、わたしたちとはくらべものにならないほど多い。何チームあるんだろう。

「あれ、太一《たいち》じゃねえ？」

後ろのほうで、声がした。

ふりむくと、サッカーのユニフォームを着た子が、石田《いしだ》くんに話しかけていた。あれは……となりのクラスの、高木《たかぎ》くん？

げっ。

わたしはあわてて前をむいて、背中《せなか》をまるめた。高木くんとは、三年生と四年生のときに同じクラスだった。同じ班《はん》になったこともある。運動神経《うんどうしんけい》がよくて女子にモテる子だったけれど、わたしはどうも苦手だった。

「太一《たいち》、おまえも試合《しあい》でんの？」

高木《たかぎ》くんの声はよくひびく。きくつもりがなくても、耳に入ってくる。

「いや、きょうは……ちょっと、ケガしちゃったんだ。」

石田《いしだ》くんはもごもごと答えている。

「うそつけ。おまえ、トロいから試合にだしてもらえないんだろ。」

いわなきゃいけない。わたしのせいだって。わたしが、ケガさせたんだから。

でも……高木くん、こわいんだよな。声が大きいし、なんかすぐにわたしをバカにしてくるし……。

ほかの子の声もきこえてきた。

「太一、剣道《けんどう》なんてやってんの。」

「ケガなんかしてないじゃん。」

「弱いからでないんだろ。」

あああ。いわなきゃだめだ。覚悟《かくご》を決めて、ふりむいた。

「あああのっあのっ。」

わ、やだ。声がうわずっちゃった。

高木《たかぎ》くんたちが、いっせいにわたしのほうを見る。うわ、同じ学校の子がこんなにいたなんて。

蚊《か》の鳴くような声でつぶやくのが、せいいっぱいだった。

「わたしが、ケガさせちゃったの。ほんとうなの。だからきょうは、石田《いしだ》くんは試合《しあい》にでられないの……。」

「だれかと思ったら、成美《なるみ》じゃん。太一《たいち》、こんなデカニブ女にケガさせられたの？だっさー。」

高木くんは「だっさだっさ」「うけるうける」といって、石田くんの肩《かた》をたたいてわらう。まわりのみんなもわらう。

あああ。わたし、なんだか状況《じょうきょう》を悪化《あっか》させてる気がする。

「あの、あの、そうじゃなくて、わたしがへたくそだから……。」

説明《せつめい》しようとしたとき、「えー、では開会式をはじめます」という大きなアナウンスの声がひびいて、みんなあわてて前をむいた。

会場はしずまりかえる。わたしも口をつぐむ。

なんていえばわかってもらえるんだろう。これがおわったら、説明できるかな。

でも、開会式がおわったとたん、サッカー軍団《ぐんだん》はサーッと出口にむかって流れだした。おいかけようかと思ったけれど、野球軍団の川があいだにわりこんできて、あっというまに高木《たかぎ》くんたちは見えなくなってしまった。

「わたしたちは、こっちよ。」

茜《あかね》さんが、はぐれないようにわたしの手をにぎってひっぱる。

わたり廊下《ろうか》をわたって、武道場《ぶどうじょう》にむかった。板張《いたば》りの武道場には、白いテープを床《ゆか》に貼《は》って試合場《しあいじょう》がいくつもつくられている。さっきまで、サッカーや野球の軍団を見てきたせいか、剣道着《けんどうぎ》の人は少なくて、ちょっとさびしい。

「はい、ちゃんと自分の試合を確認《かくにん》してね。」

石田《いしだ》くんが、全員にプログラムをくばってくれた。

プログラムをパラパラとめくる。えーっと、わたしの試合《しあい》は……。

「ほら、ここ。五・六年女子の部《ぶ》。」

茜《あかね》さんが、ページをめくって教えてくれた。

「成美《なるみ》ちゃんは第《だい》二試合場《しあいじょう》の第三試合ね。」

「茜さんの試合は？　わたしより前？」

「わたし、去年優勝《きょねんゆうしょう》したからシードなの。だから、もっともっと後。」

茜さん、さらっとすごいこというなぁ。

わたしは、トーナメントの山のいちばん右にある茜さんの名前を見つめた。

「さ、成美ちゃんはもう準備しないと。」

わたしは防具《ぼうぐ》をもち、第二試合場へとむかった。

八 旗《はた》があがらない

前の試合《しあい》は、そろそろおわりそうだった。ワーッと拍手《はくしゅ》と歓声《かんせい》があがる。一本目が決まったらしい。

わたしは面《めん》ひもがゆるんでいないか、頭の後ろに手をまわして確認《かくにん》した。

「成美《なるみ》ちゃん、おちついてね。」

茜《あかね》さんがうしろから声をかけてくれた。

わたしは小手《こて》をはめて、茜さんのほうをふりかえった。

「わたし、勝ちます。きょうは、ぜったいに勝ちますから。」

石田《いしだ》くんは、わたしのせいできょうの試合にでられなくなった。だから石田くんのぶんも、がんばるんだ。

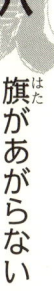

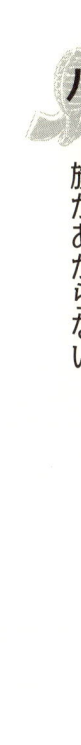

もう一度、歓声《かんせい》がきこえた。よし、前の試合《しあい》がおわった。わたしの番だ。

「すごい気合《きあ》いだね、成美《なるみ》ちゃん。……でも、竹刀《しない》わすれないで。」

竹刀を床《ゆか》においたまま行こうとしていたわたしは、あわててひろいにもどった。

試合場《しあいじょう》のなかに進みでた。相手《あいて》の子の垂《た》れには、武田《たけだ》という名前が書いてある。どんな子かな。強いのかな。

わたしはぐっと竹刀をにぎりしめる。

石田《いしだ》くんと練習した小手《こて》を、この試合で、ぜったいに決めてみせる。

礼《れい》をして帯刀《たいとう》し、三歩前にでて、竹刀をかまえる。上半身《じょうはんしん》をまっすぐにしたまま、スーッとしずみこむようにしゃがむ。これが、蹲踞《そんきょ》とよばれる姿勢《しせい》だ。

「はじめ！」

審判《しんぱん》の声と同時《どうじ》に、わたしは飛《と》びだした。

試合前から、決めてあった。開始と同時に飛びだして小手を打《う》つ、って。これは、「飛びこみ小手」っていう、浩次郎《こうじろう》くんの得意技《とくいわざ》。

バチン。

やった！　あたった！

相手《あいて》は、油断《ゆだん》していたらしい。わたしの竹刀《しない》の先は、すんなりと相手の小手《こて》にあたった。

石田《いしだ》くん見てる？　練習の成果《せいか》がでたよ。ちゃんと前にぬけて、ふりかえって残心《ざんしん》をとって……。

あれ？　旗《はた》、あがってない。主審《しゅしん》もふたりの副審《ふくしん》も、だれひとりとして旗をあげてくれていない。

おかしいな。もう一回。

「コテッ。」

やっぱり、旗があがらない。

どうして？　おねがい、石田くんに見せたいの。石田くんのぶんもがんばっている姿《すがた》を、見せたいの。

だから、どうしても、小手で一本とりたいの……。

「コテッ。」

わたしの竹刀は、空《くう》をきった。

あれ、と思ったときには、相手《あいて》は大きく両手をふりかぶっていた。

「メン！」

いきおいよくふりおろされた竹刀《しない》が、頭上に衝撃《しょうげき》となって落ちてきた。やられた、と瞬間的《しゅんかんてき》に思った。

「面《めん》あり！」

旗《はた》が三本、サッとあがった。

ひどい。どうして？

わたしの小手《こて》には、だれもあげてくれないのに。

「二本目！」

二本目がはじまった。

わたしは、じりじりとまわりながら、じっと小手をねらう。

息が苦しい。ハア、ハア、って息の音が、面のなかでやけにひびく。

なんでこんなに苦しいのかな。だいぶ時間がたったんだろうか。もう、三分近いのかもしれない。

だとしたら、思いきっていかなくちゃ。

わたしは、いきおいよく前に飛《と》びだした。

わたしの竹刀《しない》は、また空《くう》をきる。

「メン！」

さっきと、同じ衝撃《しょうげき》。同じ三本の旗《はた》。

これは、デジャブ？

「面《めん》あり！」

主審《しゅしん》が高《たか》らかに宣言《せんげん》する。

わたしは竹刀をおさめ、礼《れい》をして、すごすごと試合場《しあいじょう》の外にでた。

はずした面をもって、しょんぼりと荷物おきばにむかった。きょうの試合《しあい》、もうおわっちゃった。防具《ぼうぐ》を片《かた》づけて、茜《あかね》さんと浩次郎《こうじろう》くんの応援《おうえん》にいかなくちゃ……。

「おい。」

荷物おきばの前で、浩次郎くんによびとめられた。

「あ、浩次郎くんはこれから試合？　がんばって……。」

「なんだよ、さっきの試合《しあい》は。」

浩次郎《こうじろう》くんは、わたしの言葉にかぶせるように、語気《ごき》あらく言葉を投《な》げつけてきた。

「ひどい試合。成美《なるみ》が休んで、太一《たいち》がでられればよかったのに。」

「わたしなりに、がんばったつもりなんだけど……。」

「二人とも三位以内《いない》に入れるようにがんばろうな、っておれと太一でいってたのに。三位以内に入れたら、閉会式で表彰《ひょうしょう》される。そしたら、クラスのみんなに見てもらえるよな、って太一楽しみにしてたのに。」

わたしは、はっと息をのんだ。

そうだ、閉会式にあれだけ同じ学校の子がいたってことは、きっと閉会式でもそう。石田《いしだ》くんが表彰されたら、きっと高木《たかぎ》くんたちも「太一すげえ」っていいながら、まぶしそうに石田くんのことをながめただろうに。

「去年《きょねん》は、強い六年生がいたからダメだったんだ。でも、今年《ことし》は太一ならきっと三位に入れた。最後《さいご》のチャンスだったのに。」

だから、いっしょに稽古《けいこ》しようっていったの？　わたしの小手《こて》の練習にもつきあってくれていたの？

「どうしよう、わたし、知らなかったの……。」

「いまさらかよ。」

浩次郎《こうじろう》くんは、はきすてるようにいって、試合場《しあいじょう》へとむかっていった。

わたし、いたい思いをさせただけじゃなかったんだ。

石田《いしだ》くんのチャンスを、わたしがこの手で、つぶしてしまった……。

九

キケンタイのいっち

道場《どうじょう》の黒ずんだ板張《いたば》りの床《ゆか》に、ポタポタとなみだが落ちる。

「ひどいよ……あれ……あんなの、勝てっこないよ……。」

うぐっ、うぐっと浩次郎《こうじろう》くんはしゃくりあげる。

すべての試合《しあい》がおわった。わたしは初戦敗退《しょせんはいたい》、浩次郎くんは三回戦負《かいせんま》け、茜《あかね》さんは優《ゆう》勝《しょう》。そんな結果《けっか》だった。

いまは道場に引きあげてきて、反省会《はんせいかい》の時間。石田《いしだ》くんはもう帰ってしまった。浩次郎くんと茜さんとわたし、三人ならんで監督《かんとく》とむかいあってすわっている。

「自分に足りなかった点はなにか。自分で考えてみろ。」

監督がそういった瞬間《しゅんかん》に、浩次郎くんが泣《な》きだしたのだ。

「あんなの……どうすればいいんだよ……。」

たしかに。わたしも、試合《しあい》を見ていてそう思った。

浩次郎《こうじろう》くんは、「五・六年男子の部《ぶ》」にでていた男の子のなかで、いちばん身長の低《ひく》い五年生だった。それなのに、いちばん背《せ》の高い六年生とあたってしまったのだ。むかいあったとき、ゆうに三十センチは身長の差《さ》があった。

浩次郎くんはすっごく攻《せ》めていたし、足もよくうごいていた、と思う。相手《あいて》の子は、ほとんどうごいてない。でも上から「メン」とふりおろされたら、そこであっけなく終了《しゅうりょう》だった。

「身長の面《めん》では、たしかに不利《ふり》だな。でもな、そのぐらい身長差《しんちょうさ》があっても、飛《と》びこみ面《めん》を打《う》って勝った選手《せんしゅ》を、わたしは見たことがある。胴《どう》だって小手《こて》だって打ちやすいはずだぞ。もっと頭をつかえ。」

浩次郎くんは、「ううう っ」と吐《は》きそうなぐらいに泣《な》き声《ごえ》をもらした。ボタボタボタ、と大粒《おおつぶ》のなみだが落ちる。

「さて、茜《あかね》。おまえの反省点《はんせいてん》は？」

「そうねえ。しいていえば、準決勝《じゅんけっしょう》の相手《あいて》は、もっと早くしとめられたかも。」

茜《あかね》さんはすずしい顔でいう。

監督《かんとく》は一瞬《いっしゅん》、カーッと頭に血《ち》がのぼったような顔をしたけれど、ぐっとこらえてしずかにいった。

「おまえに、大事な言葉を教えよう。『打《う》って反省《はんせい》、打たれて感謝《かんしゃ》』。その意味をよく考えろ。」

監督はわたしの前にきた。

「それで、成美《なるみ》は?」

「……わかりません。」

頭が真《ま》っ白《しろ》になっていて、なにも考えられなかった。石田《いしだ》くんはわたしのせいで試合《しあい》にでられなかった。そのことだけが、頭のなかをぐるぐるしているばかりだった。

「いいか、あんなに小手《こて》ばかりねらっていたら、相手は小手《こて》抜《ぬ》き面《めん》を打ってきて当然《とうぜん》。グーしかださないジャンケンをしているようなものだ。相手がなにをだすかわかっていればかんたんに勝てるだろう?」

「……はい。」

「それにおまえの小手《こて》、あれじゃあ一本として審判《しんぱん》にとってもらえない。キケンタイが一致《いっち》しないと、一本にはならないんだぞ。」

「……はい。」

「おい、ちゃんとわかっているのか？　キケンタイの一致とはなんだ？　いってみろ。」

「キケンタイ……？」

わたしオウムがえしにつぶやいた。

「そうだ、いってみろ。」

「えっと……キケンタイだから、危険《きけん》な場所？　って、どこ？」

「は？」

監督《かんとく》は、目をまるくしてわたしを見た。

そして、後ろをむいた。肩《かた》がこきざみにふるえている。

「監督？　ひょっとして、わらってます？」

「いや、わらってない。わらってないよ。」

監督《かんとく》は、まじめな顔をつくってふりむいた。

「キ・ケン・タイの一致《いっち》。キはまず、ここ。気持ちだ。」

監督は、防具《ぼうぐ》の上から自分の胸《むね》をたたいた。

「『打《う》つ！』という強い意志《いし》。それを剣《けん》にのせて、正しい体《たい》さばきで打つ。」

「ああ、なるほど。」

わたしの頭のなかで、ようやく「キケンタイ」が「気《き》・剣《けん》・体《たい》」という漢字に変換《へんかん》された。

「でも、わたし、きょうの試合《しあい》、気が足りないなんてことないはずです。どうしても打ちたいって思ってました。どうしても、どうしても、小手《こて》で一本とりたいって……。」

「きょうの試合、おまえはこんな感じだったぞ。」

監督は竹刀《しない》を中段《ちゅうだん》にかまえた。なんだか、肩《かた》が不自然《ふしぜん》にもりあがっている。

「横からも見てみろ。」

横から見ると……。

あ。上半身《じょうはんしん》が、前のめり。それにおしりがうしろにつきだして、なんだかゴリラみたい。

「勝たなきゃいけない、って力が入りすぎて、肩《かた》がガチガチ。そのくせ打《う》つのをこわがってるから、腰《こし》がひけてへっぴり腰。これで、こうやって打ってるから……。」

監督《かんとく》は、弱々《よわよわ》しい声で「コテッ」といって竹刀《しない》をどっこいしょ、とふりおろした。

「全体的《ぜんたいてき》に見ると、よぼよぼのばあさんの餅《もち》つきだな。」

ひどい……。

「よけいな力が入っているから、すぐにヘトヘトになるんだ。力《りき》むことと気が充実《じゅうじつ》することは別問題《べつもんだい》だ。そのへんをよく考えろ。」

考えろっていわれても……。

むずかしすぎます、監督。気ってなんですか。気が充実するなんて、いったいぜんたいなにをどう修行《しゅぎょう》すればいいのか、見当《けんとう》もつきません。

それぞれの反省点《はんせいてん》をふまえて、すこし稽古《けいこ》をすることになった。

わたしが監督と打ちこみ稽古をしていると、とつぜん監督が竹刀をおろした。

「成美《なるみ》。」

「はい。」

「さっきわたしがいったことをちゃんと考えているか？」

「はい。」

監督《かんとく》は、竹刀《しない》をかまえなおした。

「小手《こて》、打《う》ってみろ。」

わたしはちょっとさがって、一足一刀《いっそくいっとう》の間合《まあ》いをとった。そこから一歩前にでて、監督の右手首に竹刀をふりおろす。

「コテーッ。」

「もう一回。もっと強く。」

監督は、わたしをおしもどす。

「コテーッ。」

「弱い！　もっと強く！」

「コテーッ。」

「もっと速く！」

もっと強く、もっと速く……。

あのときも、そう思ってた。石田《いしだ》くんと小手《こて》の稽古《けいこ》をしていたとき。

竹刀《しない》の先のぐにゅりとした感覚《かんかく》がよみがえってきて、わたしは足を止めた。

パタリ。

わたしの竹刀は、力なく監督《かんとく》のうでの上に落ちた。

「どうした？」

「これ以上《いじょう》、強くは打《う》てません……。」

監督は、だまったまましばらくわたしの目を見ていた。

「わかった。」

監督は竹刀をおろした。

「成美《なるみ》はもう、面《めん》をはずせ。後は、時間がくるまで道場《どうじょう》のぞうきんがけをしろ。」

「はい。」

わたしはうなだれていった。

「道場のなかぜんぶと、縁側《えんがわ》。一往復《おうふく》ごとに、ぞうきんを洗《あら》いなおしてかたくしぼるこ

と。」
「はい。」
わたしは面《めん》をはずし、外の水道まででていった。
バケツに水をくんだ後、ばしゃばしゃと水で顔を洗《あら》った。
ぬれた顔を上にむけた。もう夕闇《ゆうやみ》は色濃《いろこ》くて、星があちこちにまたたいている。
わたし、どこでまちがえたんだろう。
どうすれば、石田《いしだ》くんにケガをさせずにいられたんだろう……。

十　はじめての壁《かべ》ドン

月曜日の朝は、ゆううつ。

きょうは、いつもにましてゆううつ。ランドセルも、いつもより重たいみたい。

「おはよう。」

しずんだ声でいいながら、教室に入った。

あれ？　なんか、へんな感じ。みんな、チラッとわたしのほうを見なかった？

でもすぐに、きっと気のせいだって思いなおした。みんなすぐに、おしゃべりしたり、かばんを片《かた》づけたり、わすれていた宿題をいそいでやりはじめたりしだしたから。

「おはよ。」

わたしがランドセルを机《つくえ》におくと、前の席《せき》のマユちゃんが話しかけてきた。

「ねえねえ、土曜日に高木《たかぎ》に会った？」

高木？

ああ、そういえばマユちゃんって、高木くんのファンだったっけ。

「うん、会ったよ。市民《しみん》スポーツ祭の開会式で。」

「えっ。ナルって、スポーツやってたっけ？」

「剣道《けんどう》をやってるの。六年生になってはじめたばかりだけど……。」

「剣道？　えー、似合《にあ》わなーい。」

マユちゃんはケラケラとわらった。

「そう……かな？」

「うん、なんかさ、ナルのイメージじゃないよ。想像《そうぞう》つかなーい。」

マユちゃんは、さらに大声でわらう。

やっぱり、そうかな。似合わないかな。

ママだって、前にいってた。わたしは小さいころから争《あらそ》いごとがきらいで、なんでも
「どうぞ」ってさしだしちゃう子だった、って。

ランドセルから教科書をとりだしながら、ふと手を止める。

わたし……剣道《けんどう》にむいてないんじゃないかな。


火曜日の夜は、七時から稽古《けいこ》。

もう窓《まど》の外はずいぶん暗くて、そろそろ六時で、ごはんを食べて準備《じゅんび》をしないと間《ま》にあわない。

わかってる。わかってるけど、うごきたくないな。

わたしは寝《ね》がえりを打《う》って、枕《まくら》に顔をうずめた。

なんども、考える。石田《いしだ》くんにケガさせたあのとき、もっと速く竹刀《しない》をあげていればよかった。もっとすばやくうごけたらよかった。ううん、そもそも、小手《こて》の練習をしようなんて、たのまなければよかった……。

なんどもなんども考えるけれど、もうそこにはもどれない。

このまま、ズブズブとしずみこんで、ふとんのなかに体がうまってしまえばいいのにな……。

ガチャ、と音がして部屋のドアがひらいた。

「成美《なるみ》ちゃん、ごはんできたわよ。」

ママのノーテンキな声がする。

「あら？　電気もつけないで、どうしたの？　具合《ぐあい》でもわるいの？」

具合がわるい。

なんてすばらしい言葉。天使《てんし》のささやき。それとも、悪魔《あくま》の手まねき？

わたしは思わず、その手をつかんでしまった。

「うん……なんかちょっと、頭がいたくて。」

「そうなの？」

ママのひんやりした手が、おでこの上にのる。

「熱《ねつ》はなさそうかな。ごはんは食べられそう？」

「ううん……、きょうは、稽古《けいこ》休もうかな。」

声がふるえそうになるのをおさえてそういったけれど、それがかえって苦しそうにきこえたみたいだ。

「ほんとうにつらそうね。監督《かんとく》さんには連絡《れんらく》しておくわね。ごはん食べられそうになったら、おいでね。」

ママはパタパタとでていった。

ドアがしまると、部屋はまた暗闇《くらやみ》にもどった。ちょっと安心した気分になって目をつぶる。

いいよね、きょうぐらい。

いままで、一回もさぼったことないもん。

同じ手口《てぐち》で、木曜日の稽古《けいこ》もさぼってしまった。土曜日の稽古も……。

こんなにおだやかな毎日ってひさしぶり。やっぱり、わたしに剣道《けんどう》はあってなかったのかも。

コーラス部《ぶ》、入ってみようかな。なにか、べつの習《なら》い事《ごと》をはじめるのもいいな。人と争《あらそ》わなくてすむもののほうが、きっとわたしにはむいてる。

ママはなにかいいたそうだったけれど、わたしがかたくなに「頭がいたい」をくりかえすと、しぶしぶ口をつぐんだ。

あとは、学校で石田《いしだ》くんと顔をあわせないようにすればいい。わたしは石田くんを見かけるたび、こそこそと逃げまわった。

クラスもちがうし、そんなにたいへんなことじゃなかったはずなのに……。


教室の空気が、なんだかへんだなって思ってたけど。

週があけると、ますますおかしな感じになっていた。男子たちは、なんだかニヤニヤしながらわたしを見る。女子は、心配《しんぱい》そうな目の子、好奇心《こうきしん》で目をキラキラさせている子……。

「ねえ、わたし、なにかしたのかな？」

思いきって、前の席《せき》のマユちゃんにきいてみた。

マユちゃんはふりむくと、いいにくそうにヒソヒソ声で話しだした。

「んーとね。これ、わたしがいってるんじゃないよ。高木《たかぎ》がいってるの。」

「高木くんが？　なんて？」

「この前、スポーツなんとかで高木《たかぎ》に会った、っていってたでしょ？」

「市民《しみん》スポーツ祭ね。」

「その後から、高木が、みんなにいいふらしてるの。石田《いしだ》くんと成美《なるみ》ちゃんがつきあってる、って。とくに成美ちゃんが石田くんラブで、ちょっと石田くんをディスったら、必死《ひっし》になってかばってた、って。」

「はあ？」

ずっこけそうになった。

あの会話で、どこをどうやったらそうなるの？

「ほかにもさ、成美ちゃんと石田くんがふたりでいっしょにいるところを見た、っていう子がいて。」

「そりゃあ、同じ道場《どうじょう》だもん。いっしょにいることもあるよ。」

「道場ってなに？」

「だからね、同じ先生に、剣道《けんどう》を習ってるの。」

「そういうことかぁ。」

マユちゃんはうんうん、とうなずく。

「わたしは信《しん》じてないよ。でも、あの高木《たかぎ》でしょ？　けっこうみんな、信じちゃってるんだよね。」

そう、あの高木。

問題《もんだい》は、サッカーがじょうずで声の大きい、あの高木くんがいってるってことなんだ。

わたしは高木くんの発言力《はつげんりょく》の大きさを、身《み》をもって知った。

授業中《じゅぎょうちゅう》に先生にさされて立ちあがると、「太一《たいち》」「太一」というヒソヒソ声が教室のあちこちからわきあがる。

わたしのロッカーの名前シールに、いつのまにか「太一LOVE《ラブ》」と落書《らくが》きがしてある。

教室移動《いどう》のとき、たまたま高木くんや石田《いしだ》くんのいる二組と廊下《ろうか》ですれちがった。そしたら、だれかがドン、とわたしをおした。石田くんもドン、とおしだされてきた。

わたしと石田くんがまんなかでぶつかると、「ヒューヒュー！」「ラブラブ！」という声が、二組と三組の両方から飛《と》んできた。

「つきあってるんだろ、ふたり。な？」

高木《たかぎ》くんの声が廊下《ろうか》じゅうにひびいた。

「あ、あ、あの、ちがう、ちがうんです。」

わたしはわたわたと、両手をふりまわした。

「わたしたち、そういうんじゃなくて……。」

高木くんの大きな声が、わたしの言葉をさえぎる。

「照《て》れんなよ！」

ドン！

だれかに、思いっきり背中《せなか》をおされた。

「ひゃっ。」

足がもつれて、石田《いしだ》くんのほうにたおれかかった。

ころんじゃう！

とっさに、廊下の壁《かべ》に手をついた。

わたしのうでと壁《かべ》のあいだに、すっぽりと石田《いしだ》くん。

「壁ドンだ！」

高木《たかぎ》くんがさけぶと、「ワーッ」とか「キャーッ」とか、大きな歓声《かんせい》がそこらじゅうからあがった。

「や、やだ、ごめん、石田くん……。」

わたしは真《ま》っ赤《か》になって手をひっこめた。

みんなが手をたたいてはやしたてる。

「かーべードン！　かーべードン！」

「ちがうの、これは事故《じこ》なの、アクシデントなの……。」

わたしのいうことなんて、だれもきいてくれない。

「かーべードン！　かーべードン！」

おろおろしているわたしとは対照的《たいしょうてき》に、石田くんはだまって立っていた。

なにも見ていないような目。不愉快《ふゆかい》そうに下くちびるがすこしまがった口。

その口が、ふいにひらいた。

「……どうして、稽古《けいこ》にこないの？」

みんなのはやしたてる声が、波《なみ》の音のように遠くなった。

石田《いしだ》くんの声だけが、頭のなかでこだまする。

「なに見つめあってるんだよ！」

だれかがもう一度わたしの背中《せなか》をドン、とおした。

わたしはよろめきながら、廊下《ろうか》をすすんでいった。

石田くんの目が、どこまでもわたしを追いかけてくるような気がしていた。

十一　美咲《みさき》ちゃん

はっ。石田《いしだ》くんがいる。

休み時間、われさきに校庭へでようと靴箱《くつばこ》のところでおしあいへしあいしている男子の群《む》れのなかに、石田くんを発見してしまった。

靴をもって立ちあがった石田くん。その瞬間《しゅんかん》、バッチリ目があってしまった。

うわっ。

かたまって立ちつくす、わたし。スイッと目をそらす、石田くん。

わたしはそのまま、まわれ右をした。

「ナル、ドッジボールに行かないの？」

だれかの声がきこえたけれど、わたしは「ごめん、トイレ」といって、パーカーのフードをすっぽりとかぶった。

背中《せなか》をおされて壁《かべ》に手をついた瞬間《しゅんかん》のことを思いだすと「わーっ」ってさけんで頭をかきむしりたくなる。

生まれてはじめての壁ドン。それを、みんなが見ている前で、わたしのほうから。さらにたえられないのが、石田《いしだ》くんのあの言葉……。

「……どうして、稽古《けいこ》にこないの？」

怒《おこ》ってる。石田くん、ぜったい怒ってるよね？

「んーっ。」

はっ。

一年生の子たちが、不思議《ふしぎ》そうな顔でこっちを見ている。

わたし、気がついたら、「んーっ」ってうなりながらパーカーのフードの上から頭をかきむしっていた。「わーっ」ってさけばなかっただけ、まだましだけど。

「えへへへ……。」

じーっとこちらを見ている一年生の子たちに愛想《あいそ》わらいしながら、こそこそと廊下《ろうか》を逆《ぎゃく》もどりした。一年生の教室の横を通りぬけると、理科室《りかしつ》わきのテラスへでる。すっかり茶色くなったヘチマの鉢植《はちう》えのかげにしゃがんで、ホッとひと息。

「ここにかくれていれば、だいじょうぶだよね。」

かれたヘチマの葉のむこうをすかしてながめながら、思わずひとりごとをつぶやいた。

とつぜん、耳もとで声がした。

「見ーつけた。」

わたしは「ひゃっ」とさけんでとびあがった。

「成美《なるみ》ちゃん、見ーつけた。」

ふりかえると、石田《いしだ》くんの妹の美咲《みさき》ちゃんが、人なつっこくわらって立っていた。

「あ……、ああ、美咲ちゃんかぁ……。」

わたしはヘナヘナとしゃがみこみながらいう。

「ちょっとびっくりしちゃった。急に声かけるから……。」

「かくれんぼしてるの？」

「え？」

うん、冷静《れいせい》に考えれば、どう見てもかくれんぼしているようにしか見えないな。

「そ、そうなの。休み時間でしょ、だからかくれんぼしてるのよ。」

「まってて。美咲《みさき》が、見てきてあげる。」

美咲ちゃんは、胸《むね》の前で人さし指を立てるというナゾのポーズをしたかと思うと、腰《こし》をかがめてササササッと走っていってしまった。

なんだったのかなあ、いまのポーズ。

と思っているうち、すぐに美咲ちゃんは帰ってきて、わたしの前で片《かた》ひざをついた。

「鬼《おに》はいないようでござる。」

ござる？

「美咲ちゃん、ひょっとして、忍者《にんじゃ》が好《す》きなの？」

「さようでござる。」

「わ、むずかしい言葉を知ってるんだね。」

「むかしからずっと、お兄ちゃんと時代劇《じだいげき》を見ているのでござる。」

「そうなんだ。」

石田《いしだ》くんと美咲《みさき》ちゃんがふたりでならんで、テレビの時代劇《じだいげき》をいっしょうけんめい見ている姿《すがた》を想像《そうぞう》したら、なんだか胸《むね》がほっこりしてきた。

「美咲は忍者《にんじゃ》になるでござる。お兄ちゃんはサムライになるのでござる。」

「おー。かっこいいね。」

石田くんが剣道《けんどう》をはじめたきっかけがわかったような気がして、わたしはさらにほっこりした。

「お兄ちゃんはね、わるいやつをえいっ、えいってやっつけるの。それで、美咲を守ってくれるって。」

「そっかぁ。強いお兄ちゃんでいいね。」

わたしが感心《かんしん》した口調《くちょう》でいうと、美咲ちゃんは満足《まんぞく》したようにうなずいて、となりにしゃがみこんだ。

細い髪《かみ》の毛《け》に日があたって、つむじがきれいに透《す》けてみえる。かれたヘチマの葉が、風でかさかさと鳴っている。

「……鬼《おに》は？」

「え？」

「鬼《おに》、ぜんぜんこないね。」

はっ。うっかりしてた。そうでした、かくれんぼをしている設定《せってい》でした。

「成美《なるみ》ちゃん、わすれられちゃったんじゃない？」

ああ、二年生に同情《どうじょう》のまなざしで見られてしまった……。

「うん、わすれられちゃったのかも。ちょっと、行ってくるね。」

「美咲《みさき》も行く。」

えっ。ついてくるの？

こまったなぁ。どこかでふりきれないかな。

そう思いながら、校舎《こうしゃ》の角をまがって校庭のほうにでたとき、ちょうど高木《たかぎ》くんたちの一団《いちだん》がいるのが見えて、わたしはサッと校舎のかげに身《み》をかくした。

「鬼、いたの？」

美咲ちゃんが、こしょこしょ声できいてくる。わたしはコクンコクンとうなずく。

そのとき、校庭にチャイムの音が鳴りひびいた。

はあ、たすかった。

「美咲《みさき》ちゃん、教室に……。」

ふりかえっていいかけたわたしの声の上に、高木《たかぎ》くんの大声がかぶさってきた。

「太一《たいち》ィ、これたのむな。」

校舎《こうしゃ》のかげからうかがっていると、高木くんがサッカーボールをぽーんと石田《いしだ》くんに投《な》げるのが見えた。

「これも。」

「これもな。」

ほかの男子も調子《ちょうし》にのって、石田くんにむかってボールを投げる。

あわててひろいあつめている石田くんを尻目《しりめ》に、男子たちはさっさと校舎のほうに歩きだした。

あーあ、また男子たちったら……。

そのとき、手のなかにやわらかいものがすべりこんできて、わたしはハッとして美咲ちゃんのほうをふりかえった。

美咲《みさき》ちゃんは、石田《いしだ》くんのほうをじっと見ている。

そして、ぽつりときいた。

「お兄ちゃん、ほんとうに強い？」

わたしは一瞬《いっしゅん》、言葉につまった。

答えるのにいちばんいい言葉をさがしながら、美咲ちゃんの手をぎゅっとにぎりしめる。

「強い、強いよ。もちろん。強いに決まってるじゃん！」

思わず口調《くちょう》が強くなる。

「片《かた》づけない人より、片づける人のほうが強いに決まってる。さぼらない人のほうが、楽《らく》してる人より強くてあたりまえでしょ？」

自分の言葉が、グサッと自分の胸《むね》にささる。ああ、ブーメランだ。

さぼっているのはわたしなのに……。

十二 ダイジョブ、ダイジョブ

「あー、もう、どうしよう。」

机《つくえ》につっぷしてそういったら、どこかから同じセリフがきこえた。

「あー、もう、どうしよう。」

目をあげてみたら、画面《がめん》のなかのパパも、ちょうど机から顔をあげたところだった。

「気があうな、成美《なるみ》。」

パパはニヤリとわらった。でも、目の下はたるんでいるし、自慢《じまん》の口ひげはだらっとしている。

「パパ、どうしたの？　やっぱり、あれなの？　なんだっけ、ラニャーニャ？　ニャニャーニャ？」

「マニャーニャな。」

「うん。そればっかりで、お仕事すすんでないの？」

「あー、すすんでない。どっちかっていえば、後ずさってる。」

「後ずさってるって、どういうこと？　なにかやらかしちゃったの？」

「えーっと、まあ……。」

パパはちょっと口ごもった。

「ちゃんと話してっていったでしょ、パパ。」

パパはわたしの言葉がきこえていないふりをして、あさってのほうをむいて口ひげをいじりはじめた。

「パパ。」

ちょっと強めにいうと、パパはあきらめたように両手をあげて、話しだした。

「うん、まあ……あれからさ、みんなにちゃんと理由を説明《せつめい》して、新しいプロジェクトのために、この日までにかならずこの仕事をまとめてきてください、っておねがいしたんだよね。そしたら、ほとんどの人はちゃんとやってきてくれたんだけどさ、ひとり、また『マニャーニャ』の人がいて。そのブランカって子を、みんなの前で怒《おこ》っちゃったんだよ。」

「それはしょうがないんじゃないの？」

学校でだって、宿題をなんどもわすれたら、ふつうは怒られるよ？

「そしたらさ、メキシコでは、人前《ひとまえ》で怒るっていうのは、ぜったいにやっちゃいけないことだったんだって。」

「え？　そうなの？」

「うん。なんでも、怒るときはべつの部屋によんで、ひとりひとり、べつべつに怒らないといけないらしい。」

メキシコの学校では、先生はみんなの前で怒ったりしないのかな。うちのクラスの先生は、みんなの前でも平気《へいき》で怒るけど。

「それからさぁ、工場の女の子たちがみんな、口きいてくれなくなっちゃってさ。」

うわぁ。たいへんそう。これって、クラスじゅうにムシされているのと同じじゃない？

「パパがわるいわけじゃないよな？　みんなの首をきらないためにはじめたプロジェクトなんだよ？」

「うん、そうだね。」

「それなのにさ、ブランカもミシェルもエルザも、みーんな口をきいてくれないんだぜ。あーもう、会社行くのやだ。」

パパは子どもみたいに左右に体をゆらした。

わたしなんか、石田《いしだ》くんと気まずいっていうだけで稽古《けいこ》に行きたくないのに。だれも味方《みかた》がいないところに行けっていいにくいなあ。

「パパ……。気持ちはわかるけど、お仕事さぼってもだいじょうぶなの？」

ピンポーン。

そのとき、チャイムの音がひびいた。

「あー、アントニオきちゃった。どうしよう……。うん、きょうは仕事を休む。休むっていってくる。」

「パパってば。」

パパは奥《おく》のほうに行ってしまった。ドアのあたりで、だれかが話している声がする。しばらく言いあいしている声がつづいたあと、パパは逃《に》げるように部屋にもどってきた。うしろから、浅黒《あさぐろ》い肌《はだ》の大きな男の人がついてくる。

わ、この人がアントニオ？　はじめて見た。

がっちりした体つきで、おなかがパン、とつきでていて、カーキ色のシャツがはちきれそう。まゆ毛は太くてゲジゲジでいかついのに、目は大きくてぱっちりしていて、とってもかわいい。まゆ毛に負けないようなりっぱな口ひげが、顔のまんなかですごい存在感《そんざいかん》をかもしだしている。

「林《はやし》サーン、ダイジョブ、ダイジョブネ。会社、行きマショウ。」

「だからさあ、うん、きょうはおなかいたいんだよ。」

パパはソファにまるまって、もごもごといいわけをする。

アントニオは大きな身《み》ぶり手《て》ぶりをつけながら、パパにいいきかせる。

「林サン、メキシコには、こんなことわざがありマース。馬の乗り方を学ぶだけでは、十分《じゅうぶん》ではありマセーン。落ち方も、学ぶ必要《ひつよう》がありマース。」

馬の乗り方を学ぶだけでは、十分ではありません。落ち方も、学ぶ必要があります。

わたしは頭のなかでアントニオの言葉をくりかえして、そのことわざの意味を考えた。

「林《はやし》サン、ダイジョブ、ダイジョブネ。失敗《しっぱい》、たくさんたくさんＯＫデス。会社、行きマショウ。」

アントニオはぐいぐいとパパのうでを引っぱる。

「ほら、アントニオさんだってそういってるよ。パパ、がんばって。」

思わず声をかけると、アントニオがふりむいた。

「オゥ、成美《なるみ》？　あなた、成美デスカ？」

「え？　あ、はい……。」

アントニオの顔が画面《がめん》にドアップになる。真《ま》っ黒《くろ》くてつぶらな瞳《ひとみ》に見つめられて、わたしはもじもじしてしまった。

「オゥ、サムライガール！　はじめまして！　会いたカッタ！」

「アントニオさん、あの……。」

人なつこい笑顔《えがお》に、つい話しかけてしまった。

「パパを、たすけてあげてくださ い。パパは、工場のみんなと仲《なか》なおりしたいんです。」

「ダイジョブ！　ダイジョブネ！　心配《しんぱい》イラナイ。メキシコの仲なおり、教えマース。」

アントニオはうたうようにいいながら、パパを引っぱって歩きだした。

「わらって、林《はやし》サン、わらいマスヨ。楽しい顔で行きマショウ。」

アントニオは大きくニッとわらう。パパもやけくその笑《え》みをうかべ、引きずられるようにして部屋をでていった。

ガチャン。

ドアのしまる音がひびく。

がんばれ、パパ。ちゃんと味方《みかた》がいるよ。きっとアントニオが、メキシコの仲なおりのしかたを教えてくれる。

じゃあ、わたしは？

わたしに、教えてくれる人は……。

パソコンを、パタリととじる。寝《ね》る前になにか飲もうと思って、部屋をでてキッチンのほうへ行った。

ママはまだ、キッチンの後片《あとかた》づけをしているとちゅうみたいだった。でも、なんだかようすがへんだ。

台ふきんをしぼろうとして、とちゅうで手を止めてじーっと両手をながめている。それからまた、台ふきんを水ですすいで、しぼろうとしては首をかしげ、じーっと両手をながめる。

ママ、またなにかおかしなことしてる。

「なにやってるの、ママ？」

後ろから声をかけたら、ママはあたふたして台ふきんをシンクに落っことしてしまった。

「やだ、見てたの？」

ひょろ長い手をひらひらさせながらいう。

「監督《かんとく》さんがね、このまえいってたのよ。竹刀《しない》で打《う》つときには、ぞうきんをしぼるみたいにするんですよ、って。それでね、しぼってみているうちによくわからなくなってきちゃって……。ちょうどよかった、成美《なるみ》ちゃん。ねえ、竹刀はどうやってもてばいいの？」

「えっと……。」

わたしは両手をだして、監督《かんとく》にいわれたにぎり方を思いだしてみた。

「左手に力を入れるの。いちばん力を入れるのは、小指。それから薬指、中指の順《じゅん》で、右手はかるく、卵《たまご》をもつようなつもりで……。」

「こう？　こうでいいのかな？」

ママはひじを大きくはって、台ふきんをしぼる。シンクのなかに、水がしたたっていく。

「むずかしいのね、左手の小指に力を入れるのって。ふだん、そんなところに力を入れることなんてないものね。」

わたしは、ちょっとわらった。ぞうきんがけが宿題だったのって、そういう理由なんだ。

監督のやりそうなことだな。

そういえばわたし、ぞうきんがけもずっとさぼってた。

バケツとぞうきんをもってきて、キッチンの床《ゆか》にひざをついた。

バケツにはたっぷりと水をみたした。ぞうきんをぬらして、竹刀《しない》の感触《かんしょく》を思いだしながらにぎる。

小指。薬指。中指。

一本一本、指に力をこめる。

手首をゆっくりとしめていく。監督《かんとく》の声がきこえる気がする。おい、うでの力をぬけ。上半身《じょうはんしん》は、もっと楽《らく》に。

「ママって、むかしから不器用《ぶきよう》で。」

とつぜんママがいいだしたので、ドキッとした。

ひょっとして、このまえわたしがパパと話していたのをきいていたのかな?

「不器用だから、いわれたことをなんどもくりかえさないと身《み》につかなくてね。おぼえるのに、人の倍ぐらい時間がかかるの。器用になんでもできる人が、うらやましかったな。でも、いまはね、そんなになんでもできる必要《ひつよう》ないかなって思ってる。時間がかかっても、大事なことだけちゃんと身についていれば、まあなんとかなるのよ。」

ママはシンクにむかって立ったまま、なんどもなんども台ふきんをしぼる。

わたしはぞうきんを床《ゆか》におき、両手をついてキッチンの床を往復《おうふく》する。往復してはしぼる。往復してはしぼる。フローリングの床が、シンクの上の蛍光灯《けいこうとう》をうつして青白く光る。

いつもは早く寝《ね》なさい、とうるさいママも、その夜だけはなにもいわなかった。

十三 手《て》の内《うち》をしめる

泣《な》かない、と決めていたはずなのに、やっぱり泣いてしまった。

「ヒクッ、だから、石田《いしだ》くん、ヒクッ、わたしのこと怒《おこ》ってると思うんです……。」

「ああ、わかった、わかったから。」

監督《かんとく》がこまっている。泣きやまなきゃ、と思うのになみだが止まってくれない。

おとといの夜、怒《おこ》られることを覚悟《かくご》の上でおそるおそる監督に電話をしたときも、わたしは泣《な》き声《ごえ》をおさえるのに必死《ひっし》で、なにをいっているのかよくわからなくなってしまった。支離滅裂《しりめつれつ》なわたしの話を、監督は意外にも最後《さいご》までしずかにきいてくれた。

話がおわると、監督はひとことだけいった。

土曜日の朝八時に、道場《どうじょう》へこい。

「なあ、成美《なるみ》。」

監督《かんとく》は袴《はかま》のすそをサッと手ではらい、手ぬぐいに顔をうずめているわたしの前に正座《せいざ》をした。

「どんなに気をつけていても、アクシデントはある。ケガをさせたのはよくなかったが、あとは誠意《せいい》をもってあやまるしかないんじゃないか。」

「セイイ……？」

わたしは顔をあげた。

「……ってなんですか？」

「逃《に》げないこと。うそをつかないこと。なによりも、相手《あいて》の気持ちになって考えることだとわたしは思うけれどね。」

「ああああ。」

わたしは、また手ぬぐいに顔をうずめた。

「やっぱりダメだ、わたし、ずっと逃げまわっていたもん……。」

「じゃあ、これからは逃げないで、なんどでもあやまりにいったらいい。」

「ムリ、ムリです。こわくて話しかけられません……。」

「うーん。」

監督《かんとく》は、こまったようにうで組《ぐ》みをした。

「わたしは子ども電話相談室《そうだんしつ》の先生じゃないから、いいアドバイスはできないかもしれない。申《もう》し訳《わけ》ないが、剣道《けんどう》しか教えたことがないんだ。」

監督の声が、ふいにやさしくなった。

「成美《なるみ》がうちのクラブに入ったとき、いちばんよろこんだのは太一《たいち》だったんだよ。茜《あかね》や浩次郎《こうじろう》は、ほら、人がふえようがふえまいがどうでもいいってタイプだろう？　でも、太一はやっと仲間《なかま》がふえた、ってすごくうれしそうだった。だから、ほんとうは成美に剣道をやめてほしくないって思っているはずだよ。」

「ほんとうに？　ほんとうにそうでしょうか？」

「ああ、わたしはそう思うよ。口でいえなければ、逃《に》げないで剣道をがんばっている姿《すがた》を見せればいいんじゃないかと思うんだが、どうだろう。」

「……はい、はい。そうです。剣道、がんばります。」

監督《かんとく》はサッと立ちあがった。

「よし、そうと決まれば防具《ぼうぐ》をつけろ。」

あれ？　なんだか、剣道《けんどう》をがんばるようにうまくまるめこまれたような気が……。

急いで面《めん》ひもをむすんでいると、監督は先に防具をつけおわり、わたしの前に仁王立《におうだ》ちした。

「おそい。」

「はい、すみません。」

わたしはあわてて小手《こて》をはめ、立ちあがろうとした。

「そうだ、成美《なるみ》。稽古《けいこ》の前に、なにかいうことはないのか？」

わっ。やっぱり、怒《おこ》られるかも。

わたしは正座《せいざ》しなおし、両手を床《ゆか》について頭をさげた。

「稽古、さぼってました。ごめんなさい。」

「正直《しょうじき》でよろしい。ぞうきんがけは、毎日していたか？」

わたしはますます頭をさげた。面金《めんがね》が床にぶつかって、小さくゴンッと音がした。

「はい、そっちもさぼってました。」

「……正直《しょうじき》なのはよろしいが、あまり堂々《どうどう》ということでもないな。」

「でも、三日前からすごいやってます。家じゅう、ピカピカです。キッチンの床《ゆか》なんて、ママがすべっちゃうぐらい……。」

「調子《ちょうし》にのるな。どれだけちゃんとやっていたかは、これからわかる。さあ、立て。」

わたしたちはむかいあって礼《れい》をした。前に進みでて、竹刀《しない》をかまえて蹲踞《そんきょ》をする。

立ちあがると、監督《かんとく》がスッと一歩入った。

と思った瞬間《しゅんかん》に、監督の体はもうわたしの横を通りすぎていた。

「コテーッ。」

バシッ!

いったぁ……。

わたしはちょっと泣《な》きそうになって竹刀をおろしかけた。ひどいです、監督。大人《おとな》の力で手加減《てかげん》なしに小手《こて》を打《う》つなんて。

「気をぬくな!　もう一本!」

「はい！」

わたしはやけになってふりむいた。

ちゃんとかまえきらないうちに、監督《かんとく》が小手《こて》を打《う》ってきた。

「コテーッ。」

パクッ。

「うっ、いった……くない？」

あれ？　スピードもさっきより速かった。音だってさっきより高くいい音がした。

それなのに、いたくない？

監督はふりかえって竹刀《しない》をおさめた。

「一回目と二回目、なにがちがうかわかったか？」

「二回目、いたくなかった……。」

「打ち方がちがうんだ。いいか。打つときに、こうキュッと手《て》の内《うち》をしめる。そうすると、いきおいがます。でも、打たれたほうはいたくない。」

「手の内をしめる？」

監督《かんとく》はわたしの横にきて、竹刀《しない》をにぎってみせた。

「ある瞬間《しゅんかん》に、こうやってキュッ。ぞうきんをしぼるときみたいに。」

「あたる瞬間に、キュッ。」

わたしは竹刀をなんども、ぞうきんをしぼるときを思いだしてにぎってみた。

「素振《すぶ》りするときも、そうやって手《て》の内《うち》をしめないとちゃんと竹刀が止まらないはずなんだけれどな。成美《なるみ》はいままで、自分に楽《らく》な素振りしかしてなかったってことだ。」

「ちゃんとやってたつもりですけど……。」

「ちゃんとやっている人のぞうきんが、あんなにべちょべちょのわけがない。」

監督は、竹刀をわたしにむけて、にやりとわらった。

「じゃあ、成美がどれだけぞうきんをしぼってきたか、お手なみ拝見《はいけん》といこうか。さぼっていた分もとりかえしていくから、そのつもりで。」

ひえええええ。怒《おこ》られたほうが、ましだったかも……。

なんどか稽古《けいこ》をかさね、家ではぞうきんがけにはげんでいるうちに、「手の内をしめる」という感覚《かんかく》が少しずつわかってきた。

わかってくると、打《う》つことが気持ちよくなってきた。面《めん》を打ったって、前より格段《かくだん》にいい音がする。小手《こて》を打ったあと、竹刀《しない》がはずむように上にあがるから、思いきって前にぬけられる。

「わかってきました、監督《かんとく》。」

「それはよかった。」

「相手《あいて》がいたくないって思えば、打つのもこわくない気がします。」

「小手打ちのほうは、ちょっとよくなってきたな。で、太一《たいち》とは話せたのか？」

わたしはうつむいて首をふった。

だって、学校で近よろうとしても、スッといなくなってしまうんだもの。道場《どうじょう》にくれば、浩次郎《こうじろう》くんがずっとはりついているから話しかけづらいし……。

「よし、じゃあ剣《けん》を通して話しあってみるか。」

「えっ。」

「太一、ちょっとこい。」

石田《いしだ》くんがよばれてきた。

そんな、心の準備《じゅんび》が……。

「太一《たいち》。成美《なるみ》の小手打《こてう》ちには致命的《ちめいてき》な欠点《けってん》があるんだが、なにかわかるか。」

「うーん。」

石田くんは首をかしげた。

「なんか、姿勢《しせい》がわるいっていうか、前かがみっていうか……。」

監督《かんとく》は、わたしにきいた。

「小手を打つとき、成美はどこを見てる?」

「とうぜん、小手です。」

わたしがきっぱりというと、石田くんはぷっとふきだした。

監督があきれたようにいった。

「前にいったよな。小手ばかり打つのは、グーしかださないじゃんけんをしているようなものだって。試合《しあい》のときに小手を見て打っていたら、相手《あいて》にバレバレだぞ。」

ああ、そうか。

小手《こて》を見ながら打《う》っていたら、わたしはグーをだします、って相手《あいて》に宣言《せんげん》しているようなものなんだ。

「視線《しせん》がさがっているから、姿勢《しせい》もわるくなる。いいか、相手の目を見ろ。目をそらさないまま、小手を打ってみろ。」

「はい。」

わたしは石田《いしだ》くんの目を見た。

石田くんも、じっとわたしの目を見る。

えーっ、このまま、ずっと見つめあってなきゃいけないの？

うっ……気まずい……。

「こ……こてっ……。」

ぱちり。

打った瞬間《しゅんかん》、わたしはバッと目をそらしてダッシュでその場を走りさった。

「走るな！　ちゃんとすり足《あし》をしろ！　残心《ざんしん》をとれ！」

監督《かんとく》が追《お》いかけてきて、わたしの肩《かた》をつかまえた。

「ムリです、監督《かんとく》。ムリ……。」

ぶんぶんと頭をふると、監督は深く深くため息をついた。

「しょうがない。浩次郎《こうじろう》、太一《たいち》とかわれ。」

「はい。」

浩次郎くんが、わたしの正面《しょうめん》にあらわれた。

わたしは、浩次郎くんと見つめあう。

ふいに、浩次郎くんが白目《しろめ》をむいて口をだらん、とあけた。

「ぷっ。」

思わずふきだしてしまった。

「成美《なるみ》！　なにわらってる！」

監督のどなり声が飛《と》ぶ。

「だって、浩次郎くんがへん顔をして……。」

「え？　してませんけど？」

浩次郎くんは、もうふつうの顔にもどっている。

「ひどい、ほんとうにへんな顔してたのに。」

「オレの顔がへんだとでもいうんですかぁ？」

たまりかねたように、監督《かんとく》がいった。

「もういい。成美《なるみ》、わたしとやるぞ。ぜったいに目をそらすなよ。」

「はい。」

と返事《へんじ》をしたものの……。

監督、目力《めぢから》が強すぎてこわいです。

「どこ打《う》ってる、そこは小手《こて》じゃないぞ！　もう一回！」

「コテーッ。」

「手と足がバラバラ！」

「コテーッ。」

「頭から行くんじゃない、腰《こし》からでろ！」

目のことを考えていると、手足のことをわすれてしまう。手足に気をつけていると、姿勢《しせい》がおろそかになる。

ああもう、つかれた。面《めん》ひもがほどけたふりをして、ちょっと休んじゃおうかな。

「すみません、ちょっと。」

片手《かたて》をあげてさがって正座《せいざ》し、面ひもをなおそうとしたら監督《かんとく》の鋭《するど》い声が飛《と》んできた。

「なんで小手《こて》をはずしてる。休むな、成美《なるみ》。」

「あの、ちょっと面ひもが……。」

「後ろむけ。見せてみろ。」

うっ。

見られたら、なんともなってないことがばれちゃう。

「……ほどけそうかと思いましたが、だいじょうぶでした。」

「なら、小手をはめろ。もう一回！」

「はいっ。」

「目をつぶっても打《う》てるようになるまで、体にたたきこめ！」

お、鬼《おに》すぎる……。

十四　武具《ぶぐ》　さくら堂《どう》

「ねえ、見て。成美《なるみ》ちゃんの竹刀《しない》、ささくれてる。」

土曜日の稽古《けいこ》のおわりに、茜《あかね》さんがふいにわたしの竹刀をゆびさした。

監督《かんとく》はひざをついて、わたしの竹刀を手にとってしげしげとながめた。

「これはなおさないといけないな。」

「成美ちゃん、午後いっしょに防具屋《ぼうぐや》さんに行かない？　そこで道具を買って、竹刀の手入《てい》れのしかたも教えてあげる。お父さん、いいでしょ？」

「成美、午後は時間あるか？」

「はい。」

「じゃあ、茜につれていってもらえ。竹刀の手入れも大事な稽古の一部だ。くれぐれもいっておくが。」

監督《かんとく》は、こわい顔をしてわたしたちに強い口調《くちょう》でいった。

「街《まち》をフラフラして、用《よう》もないお店に入ったりするんじゃないぞ。」

「いやあね、わたしたちがそんなことするわけないじゃない。」

茜《あかね》さんは竹刀《しない》のささくれを指でたしかめながら、ほがらかな口調でそういいきった。

「お・ま・た・せ。」

後ろから、肩《かた》をポン、とたたかれた。

駅で待ち合わせをして、肩をたたかれるのはこれで二回目。一回目のときは、小学生むけのファッション雑誌《ざっし》のモデルみたいな、キラキラした服を着ていたっけ。もう、なにを着ていてもおどろいたりしない。

「きょうはまた、このあいだと雰囲気《ふんいき》ちがいますね。」

茜さんのきょうのファッションは、明るいベージュのワンピース。その上に、真っ白《まっしろ》でふわふわした上着をはおっている。バッグも、うさぎの毛みたいな、白くてふわふわしたものでできている。

くるんとした髪《かみ》の毛《け》は、ヘアアイロンでまいてきたのかな。ふだんのイメージとは真《ま》逆《ぎゃく》な、ピンク系《けい》のやさしそうなメイク。これだけ見たら、だまされちゃうだろうな。

「さ、行こ。おくれちゃう。」

はて？　防具屋《ぼうぐや》さんに、おくれちゃうとか、あるの？　こんな、午後の早い時間にしまっちゃうんでしょうか？

足早《あしばや》に歩いていく茜《あかね》さんの後ろを、小走《こばし》りで追《お》いかける。

「防具屋さんって、こっちにあるの？」

「ああ、うん。ちょっと、こっちの道を通りたいんだ。」

デパートの角をぐるっとまわった。大きなビルのすきまにかくれるように、小さな三角形の公園がある。

そこに、カメラをもった男の人と、携帯電話《けいたいでんわ》みたいなものをにぎりしめた若《わか》い女の人が立っていた。

女の人は、わたしたちを見るなりかけよってきた。

「こんにちは。『ポケット・パーク』っていうフリーペーパー、知ってます？」

わたしと茜《あかね》さんはうなずいた。いろんなお店の案内《あんない》とか、近くでやっているイベントの情報《じょうほう》とかがのっているうすい新聞だ。よく、駅前のお店に「ご自由におとりください」っておいてある。

「そのなかの、『街角《まちかど》ファッション・チェック』っていうコーナーなんだけど、写真を撮《と》らせてもらえないかしら？」

茜さんはふりむいて、ふだんより一オクターブぐらい高い声で話しかけてきた。

「ええ？　どうしよう。成美《なるみ》ちゃん、どうする？」

茜さん、わざとらしすぎます……。

っていうか、それなら前もっていってくださいよ。なんにも知らないから、わたし、パーカーにジーンズ姿《すがた》で、肩《かた》には竹刀袋《しないぶくろ》をかついでいるんですよ。

「茜さんだけ撮ってもらったらいいんじゃないですか。わたし、ほら、ふだん着《ぎ》だし。」

「そう？　じゃあ、ちょっとだけ。」

茜さんはいそいそと花壇《かだん》の前に歩いていった。ふわふわのバッグを肩にかけたり、手

郵便はがき

料金受取人払郵便

牛込局承認

9356

差出有効期間
2021年10月31日
(期間後は切手をおはりください。)

162-8790

東京都新宿区市谷砂土原町 3-5
偕成社 愛読者係 行

ご住所	〒□□□-□□□□　都・道　府・県 フリガナ	
お名前	フリガナ	お電話 ★目録の送付を［希望する・希望しない］

★新刊案内をご希望の方：メールマガジンでご対応しておりますので、メールアドレスをご記入ください。

@

書籍ご注文欄

ご注文の本は、宅急便により、代金引換にて１週間前後でお手元にお届けいたします。本の配達時に【合計定価（税込）＋ 送料手数料（合計定価 1500 円以上は 300 円、1500 円未満は 600 円）】を現金でお支払いください。

書名		本体価	円	冊数	冊
書名		本体価	円	冊数	冊
書名		本体価	円	冊数	冊

偕成社 TEL 03-3260-3221 ／ FAX 03-3260-3222 ／ E-mail sales@kaiseisha.co.jp

＊ご記入いただいた個人情報は、お問い合わせへのお返事、ご注文品の発送、目録の送付、新刊・企画などのご案内以外の目的には使用いたしません。

★ ご愛読ありがとうございます ★

今後の出版の参考のため、皆さまのご意見・ご感想をお聞かせください。

●この本の書名『　』

●ご年齢（読者がお子さまの場合はお子さまの年齢）　歳（ 男 ・ 女 ）

●この本の読者との続柄（例：父、母など）

●この本のことは、何でお知りになりましたか？

1. 書店　2. 広告　3. 書評・記事　4. 人の紹介　5. 図書室・図書館　6. カタログ
7. ウェブサイト　8. SNS　9. その他（　）

ご感想・ご意見・作者へのメッセージなど。

ご記入のご感想を、匿名で書籍のPRやウェブサイトの感想欄などに使用させていただいてもよろしいですか？　〔はい ・ いいえ〕

でもっておどけてみたり、いろんなポーズを決めている。

さすがだなぁ。雑誌《ざっし》を見たりして、ポーズの研究《けんきゅう》をしているのかな。

女の人が手にもっていた四角い機械《きかい》は、ボイスレコーダーみたいだった。写真を撮《と》りおわると、茜《あかね》さんは女の人にインタビューを受けて、ボイスレコーダーになにかをふきこんでいた。

「ごめんね〜、またせちゃって〜。」

茜さんは上気《じょうき》した顔でかけよってきて、わたしのうでをとった。

「さ、防具屋《ぼうぐや》さんに行こ？　きょうは成美《なるみ》ちゃんのおかげでたすかったよ。街《まち》まででられる口実《こうじつ》をさがしてたの。」

茜さんはいたずらっぽくわらう。

いや、ほんの十分ぐらいのことだし、ダシにされてもいいですけどね。

「茜さん、きょうここで撮影《さつえい》があるって知ってたんでしょ？」

「そうなの。三日前にホームページで告知《こくち》があって、どうやったら行けるかなあってずっと考えてたの。ほら、こういう写真って、将来役《しょうらいやく》に立《た》つかもしれないでしょ？　もしも『ポケット・パーク』にのったら、わたしも読者モデルっていってもいいと思う？」

「監督《かんとく》にはなんていうつもりなの？」

「もちろん、ナイショ。」

茜《あかね》さんはきっぱりといいきる。

「だって、街中《まちなか》をフラフラもしてないし、へんなお店に入ったりもしてないもん。とちゅうでたまたま、声をかけられただけ。わるいことはなにもしてないでしょ？」

茜さんはペラペラとへりくつをいいながら、はなやかで明るい大通りをはなれ、細い道に入っていった。小さな、古いお店がならんでいる道だ。黒豆《くろまめ》や桜《さくら》エビが店先にならんだ乾物屋《かんぶつや》さん。「履《は》き物《もの》の修理《しゅうり》いたします」と筆《ふで》で書いた紙がはってある草履屋《ぞうりや》さん。となりのお茶屋《ちゃや》さんからは、香《こう》ばしくていいにおいが流れてくる。

「こんにちは。」

茜さんは、小さなお店のドアをあけて入っていった。ショーウインドウには、黒地《くろじ》に金色の砂嵐《すなあらし》のようなもようのついた、見るからに高級《こうきゅう》そうな胴《どう》がかざってある。厚《あつ》みのある木の看板《かんばん》には、「武具《ぶぐ》　さくら堂《どう》」と書いてあった。

わたしも、茜《あかね》さんの後からおずおずと入っていった。

カウンターのなかに、ニコニコ顔のおじいさんがちんまりとすわっているのが見えた。

「五条《ごじょう》先生、こんにちは。」

おじいさんにむかって、茜さんは礼儀《れいぎ》正《ただ》しく頭をさげる。

「こんにちは。」

わたしもあわてて頭をさげる。

「きょうは、友だちをつれてきました。今年《ことし》からうちのクラブに入った、成美《なるみ》ちゃんです。」

おじいさんは、ゆっくりと顔をわたしのほうにむける。

「よろしくおねがいします。」

おじいさんは、ニコニコとうなずく。

「竹刀《しない》けずりと、竹刀油《しないあぶら》を買いたいんです。」

茜さんがいうと、おじいさんはゆっくりと手を棚《たな》のほうにむかってあげた。

「はい、自分でとります。」

茜《あかね》さんは勝手知《かってし》ったるという感じで、棚《たな》から小刀《こがたな》のようなものが入った箱と、緑色のスプレー缶《かん》をとった。カウンターのなかに入って、レジまで勝手に打《う》ちはじめる。

「成美《なるみ》ちゃん、二千百六十円。」

わたしはお財布《さいふ》をだして、ママからあずかってきたお金で代金《だいきん》を支払《しはら》った。

「ちょっと、作業場《さぎょうば》かりますね。」

茜さんはずんずんとお店の奥《おく》のほうに入っていく。

わたしはあわてて茜さんを追いかけて、ヒソヒソ声でいった。

「だいじょうぶなの？　おじいさん、ぼけてるの？」

「ぼけてないよ。」

茜さんはわらう。

「あんな感じだけど、すごい先生なのよ。剣道範士《けんどうはんし》八段《だん》、居合道《いあいどう》七段《だん》。」

「へえ。」

ふりかえってみると、おじいさんは首ふり人形のようにニコニコとうなずいていた。

お店の奥に行くにつれ、カタカタというミシンの音がきこえてきた。藍染《あいぞ》めののれんをぐるると、そこにあったのは広くてこざっぱりとした部屋。白木《しらき》でできた大きなテーブルがふたつと、木のいすがいくつかおいてある。

奥《おく》のほうにあるテーブルにはでん、と大きなミシンがおいてあって、ショートカットの若《わか》い女の人が、そこで垂《た》れにつける名札《なふだ》をぬっていた。

「あら、茜《あかね》ちゃん。このあいだの市民《しみん》スポーツ祭、優勝《ゆうしょう》したんだって？」

女の人はミシンをかける手を止めて、顔をあげた。

「当然《とうぜん》でしょ。」

茜さんはすましていう。

「大会前に青い顔をしていた人とは思えないわね。負けたらどうしよう、って……。」

「シーッ、シーッ。さくらさん、シーッ。」

茜さんはあわてたようすでその人の言葉をさえぎって、わたしのほうをちらっと見た。

「あら、お友だち？」

「今年《ことし》からうちのクラブに入った、成美《なるみ》ちゃん。成美ちゃん、この人はさくらさん。大学生で、さっきの五条《ごじょう》先生のお孫《まご》さん。」

さくらさんは、化粧《けしょう》っ気《け》のないひきしまった顔をしていた。意志《いし》の強そうな黒い目が、いかにもスポーツマンっぽい。

「さくら堂《どう》って名前は、あの……？」

「そう。わたしの名前をとって、おじいちゃんがつけたの。きょうは買い物？」

「成美《なるみ》ちゃんに、竹刀《しない》の手入《てい》れを教えてあげようと思って。」

茜《あかね》さんは無造作《むぞうさ》にいすを引いてすわり、わたしにむかって手をだした。

「竹刀だして。」

肩《かた》から竹刀袋《しないぶくろ》をおろして、ふだんつかっている二本の竹刀をとりだした。よく見ると、あちこちきずがついている。面金《めんがね》にあたると、どうしてもきずがついちゃうもんなぁ。

茜さんは片方《かたほう》の竹刀を手にとった。竹刀の先から四分の一くらいのところに、中結《なかゆ》いとよばれる白い革《かわ》のひもがむすびつけてある。この中結いから竹刀の先までが物打《ものう》ちとよばれる部分で、そこで打たないと一本にならない。中結いより下の部分があたっても、審判《しんぱん》は旗《はた》をあげてくれないのだ。

茜さんはまず中結いをほどき、先革《さきがわ》と柄革《つかがわ》をはずして竹刀をばらしはじめた。先革っていうのは竹刀《しない》の上についている白い革《かわ》の部分。柄革《つかがわ》は竹刀の下のほう、手でにぎる部分をおおっている白い革のことだ。先革《さきがわ》と柄革は、弦《つる》とよばれる細くて長いひもでつながっている。

わたしも、もう一本の竹刀をばらそうとしてみたが、柄革がなかなかはずれない。

「うーん。うーん。」

引っぱってみたものの、柄革はぴったりと竹刀にくっついてしまっている。

「茜《あかね》さん、これどうやったらはずれるの？　わたし、不器用《ぶきよう》だからうまくできなくて……。」

茜さんは立ちあがって、竹刀の先をつかんだ。

「てつだってあげる。そっち側《がわ》、引っぱって。それ、よいしょ。」

「よいしょ。」

「よいしょ。」

「よいしょ。」

わたしたちはつな引きみたいに、竹刀のはじとはじをつかんで引っぱった。

ズッ、と音がして柄革がいきおいよくはずれ、わたしはしりもちをつきそうになった。

「よかった、はずれたぁ。」

「成美《なるみ》ちゃん、これは器用《きよう》とか不器用《ぶきよう》とかは関係《かんけい》ないよ。」

茜《あかね》さんはわらう。

「こっちの竹刀《しない》をよくつかってたってこと。いつもにぎってると、柄革《つかがわ》が竹刀にくっついちゃうの。はずれにくいってことは、いっぱい稽古《けいこ》したってことなんだよ。」

ちょっとうれしい。

じょうずになっている実感《じっかん》はあまりないけど、稽古した時間はちゃんとどこかにのこっているんだなぁ。

柄革をはずすと、竹刀は四本の細くて長い竹にわかれた。

「ほら、ここ、ささくれてるでしょ。」

茜さんは、竹のふちがわれかけているところを、そっと指でなぞった。

「あ、ほんとだ。」

茜さんは、ふわふわのバッグから自分の竹刀けずりをだし、さっさっとけずっていく。

わたしも買ったばかりの竹刀けずりを慎重《しんちょう》に竹にあて、先のほうへすべらせる。

気をつけなくちゃ。わたし、ママに似《に》て不器用《ぶきよう》ものだから。

「ささくれをそのままにしておくと、あぶないの。面《めん》を打《う》ったときに、竹刀《しない》のかけらが相手《あいて》の面のなかに入っちゃうことがあるの。目にささったらたいへんなんだよ。」

「それはこわい……。」

思わず、目に包帯《ほうたい》をまいて病院《びょういん》のベッドに寝《ね》ているだれかと、その前で土下座《どげざ》している自分の姿《すがた》を思いうかべてしまった。

「まあ、目にささんなくてもさ、顔にきずなんかつけられた日には、わたし、相手をただじゃおかないし。」

うっわ、これもこわい。茜《あかね》さんの顔にきずをつけないように、竹刀はいつも手入《てい》れしておかなくちゃ、とわたしは肝《きも》に銘《めい》じた。

けずった竹には竹刀油《しないあぶら》をふきつけて、布《ぬの》でふきとってから組みなおした。先革《さきがわ》と柄革《つかがわ》をはめ、細い弦《つる》を竹刀にそってピンと張《は》らなくてはならない。

「成美《なるみ》ちゃん、もっと強く引っぱって。ピーンと張らないと、強そうに見えないでしょ？」

茜《あかね》さんの手が、真《ま》っ白《しろ》な弦《つる》を強く引っぱる。

わー、むずかしい。弦は、柄革《つかがわ》についている革ひもにまきつけなくちゃいけないのだけれど、まいているあいだにゆるんできちゃう。

「ちゃんと手入れした防具《ぼうぐ》をつけている人は、強く見えるわよ。審判《しんぱん》の心証《しんしょう》もいいし。」

さくらさんが、カタカタとミシンをかけながら口をはさんできた。

白い粉《こな》がふきだした面《めん》を思いだして、わたしは思わず冷《ひ》や汗《あせ》をかいた。あれのことは、さくらさんにはないしょにしておこう。

「そういえば、あの子は試合《しあい》どうだったの？　太一《たいち》くん、だっけ？」

「太一は、ケガしちゃったからでなかったの。」

茜さんはかるい調子《ちょうし》でいう。弦を引っぱるわたしの手が止まった。

「そうだったの？　残念《ざんねん》。あの子、強くなりそうなのに。」

さくらさんが、糸きりばさみでぷちんと糸をきりながらいう。

わたしはおずおずと、さくらさんにきいた。

「……あのう、強くなりそうって、どうしてわかるんですか？」

さくらさんは、縫《ぬ》いものの手を止めてわたしの顔を見た。

「成美《なるみ》ちゃん、稽古《けいこ》を休みたいって思ったことある？」

「あ……ある……かな？」

ついこのあいだ、いっぱいさぼっていたんです。

そうともいえずに、わたしはごにょごにょとごまかした。

「わたしは子どものころ、休みたい気持ちでいっぱいだったよ。防具《ぼうぐ》は重いし、打《う》たれたらいたいし、ね。」

「そうそう。防具はくさいし、オシャレじゃないし。」

茜《あかね》さんが口をはさむ。さくらさんはかまわずつづける。

「夏は暑いし、冬は寒いし。」

「監督《かんとく》は口うるさいし。」

「それは親子だからでしょ？」

さくらさんは茜さんのほうをチラッと見てわらった。

「稽古をするより、家でのんびりテレビを見たりゲームしたりしてるほうが楽《らく》でしょ？

稽古《けいこ》のときだって、とちゅうで休みたくなっちゃうじゃない？　わたしね、むかしよくやったの。面《めん》ひもがゆるみました。胴《どう》ひもがほどけました、っていって、なおすふりしてちょっと休憩《きゅうけい》するの。」

「あー、わたしもそれ、やろうとして監督《かんとく》に怒《おこ》られました。」

「はじめて稽古会で太一《たいち》くんと会ったときにね、ゼーゼーして足がもつれて、ぜんぜん稽古についてこられなかったの。でも、ぜったいに休もうとはしなかったのよ。真っ赤《まっか》な顔してさ、なみだ目になって、かわいかったなあ。そのときにね、ああ、この子はきっと強くなるなぁって思った。」

さくらさんは立ちあがり、茜《あかね》さんの肩《かた》に手をかけた。

「ねえ、この子、見栄《みえ》っぱりでしょ？　このあいだ、第一シードなのにもし負けちゃったらかっこわるい、どうしようって、青い顔してここにきたのよ。」

「さくらさん、それはないしょだってば。」

茜さんがあわててさえぎる。

「でも、ちゃんと試合《しあい》の場に立ったでしょ？　それが大事。逃《に》げたいって気持ちをちょっとずつこらえていくこと。」

びっくりして茜《あかね》さんの顔を見た。あの試合《しあい》で、茜さんがそんな思いをしていたなんて、ちっとも気がつかなかった。すずしい顔をしてスパンスパンと勝っていく姿《すがた》しか、わたしは知らなかったんだ。

「あの、石田《いしだ》くん、うごきがおそいことを気にしてるみたいなんですけど、強くなるにはスピードって大事じゃないんですか？」

「スピードね。もちろん、それも大事だけど。」

さくらさんは、わたしのほうを見ておかしそうにわらった。

「成美《なるみ》ちゃん、大人《おとな》の稽古《けいこ》って見たことある？」

「いいえ、ないです。」

「一回、見てみたらいいよ。きょうの夜はどう？　茜ちゃん、お父さんはきょうの稽古会にくるかな？」

「行くんじゃないんですか？　剣道《けんどう》だったらなにがあっても行く人ですから。」

茜さんはなげやりな口調《くちょう》でいいながら、わたしが悪戦苦闘《あくせんくとう》している弦《つる》をてつだって引っぱってくれた。

「じゃあ、おねがいしてつれていってもらったら？　おもしろいわよ、子どもの剣道《けんどう》とまたちがって。」

茜《あかね》さんがおさえていてくれたおかげで、どうにか弦《つる》をゆるまないようにまいてしめることができた。茜さんが親指で弦をはじくと、「ピーン」と高い音がした。

「これこれ、この音。この音がでるまで、ピンと張《は》らなきゃいけないのよ。」

茜さんは満足《まんぞく》そうにいう。

手入《てい》れをした竹刀《しない》は、つやつやと新しい木のように光っている。まっすぐに張った弦に、わたしは白い中結《なかゆ》いをていねいにむすびつけた。

十五

大人《おとな》の稽古《けいこ》

監督《かんとく》は、体育館についてもまだしぶい顔をしていた。

「ほんとうにくるのか？」

「もうきちゃったでしょ？　いまさらなにをいってるのよ。」

茜《あかね》さんは先に立ってさっさと行ってしまう。

ロビーを通りすぎて重たい金属《きんぞく》のドアをあけると、剣道《けんどう》着《ぎ》姿《すがた》の大人《おとな》の人たちが二十人ほどいた。毎週土曜日の夜は、総合《そうごう》体育館の武道場《ぶどうじょう》で、大人だけの稽古《けいこ》をしているらしい。

「あら、きたのね。」

素振《すぶ》りをしていたさくらさんがふりかえった。白の剣道着と袴《はかま》に、深い藍色《あいいろ》の胴《どう》をつけている。背筋《せすじ》がピンとしていて、かっこいい。

「みっともないところを見せられないわね、先生。」

さくらさんの言葉に、監督《かんとく》はますますしぶい顔をする。

「だからつれてきたくなかったんですよ。まあ、きてしまったものはしょうがない。」

しぶい顔のまま竹刀《しない》をもって立ちあがり、ふりかえっていった。

「わたしがどんなふうにかかっていくか、そしてどんなふうにやられるか、よく見ておけよ。」

やられるの？　監督が？

わたしはびっくりしたけれど、茜《あかね》さんは楽しみでたまらない、って顔をしている。

まもなく、稽古《けいこ》がはじまった。わたしと茜さんは、はじっこに正座《せいざ》して、しずかに見学。

「キエーイイ！」

「ヤーッ！」

「メー―――ン！」

大人《おとな》の人たちは、とにかく声がすごい。体育館じゅうにひびきわたっている。足で床《ゆか》をふみこむ音も、竹刀《しない》で打《う》ちあう音も大きくて、迫力《はくりょく》がわたしたちとは段《だん》ちがい。

「さくらさんって、強いの？」

茜《あかね》さんにこっそりきいてみた。

「うん、強いよ。大学でも、バリバリやってるもん。あの人も、あの人も、さくらさんと同じ大学の剣道部《けんどうぶ》だよ。」

茜さんがさした人は、どの人も筋肉《きんにく》もりもりで、見るからに強そう。

そのうちに、地稽古《じげいこ》がはじまった。地稽古っていうのは、試合《しあい》のように一対一で打ちあう稽古のこと。

筋肉もりもりの大学生たちが列《れつ》をつくってならんだのは、「五条《ごじょう》」という名前の垂《た》れをつけた人の前。でも、さくらさんにしては小さいような……？

「あの人って、さくらさんじゃないよね？」

「さくらさんのおじいさんよ。お店にいたでしょ？」

ええ？　あの置物《おきもの》みたいなおじいさんと稽古したくて、みんな列をつくっているの？

五条《ごじょう》先生は、のんびりした動作《どうさ》で竹刀《しない》をかまえる。体の大きさが倍ぐらいありそうな大学生が、「うおりゃー！」とすごい迫力《はくりょく》でかかっていく。

五条先生は、ほんのちょっとしかうごかない。足先や手もとをスッ、スッと必要最低《ひつようさいてい》限《げん》うごかすだけ。

それだけなのに、大学生の竹刀はいいところにあたらない。かかっていってもあたらなくて、かかっていってもあたらなくて……そのうちに、五条先生がさっと手首をかえして、ポン！

「コテェェ。」

礼《れい》をしてさがり、さあ、つぎの人。でも、つぎの人も同じようにまるっきり歯《は》がたたない。

すっごく不思議《ふしぎ》。なんだか五条先生のまわりに透明《とうめい》なバリアがはってあって、だれもそのなかに入れないみたい。

あっ。つぎは、わたしたちの監督《かんとく》だ。

監督は、五条先生とどのくらいやれるのかな。どんなふうにやられるかよく見ておけ、っていってたのは、きっとこのことね。

監督《かんとく》はスッスッと前にすすみでる。どんなふうにかかっていくんだろう、とわたしは
なんだかワクワクしてきた。

監督が礼《れい》をしようとしたとき、ふいに五条《ごじょう》先生が片手《かたて》をあげた。

「すまんの。腰《こし》がいたいもんで、ちょっと休憩《きゅうけい》。」

あらら。せっかく監督との対決《たいけつ》だと思ったのに。

そのまま、五条先生はわたしたちのいるほうにむかってトコトコ歩いてきた。となり
にすわり、ゆっくりと面《めん》をはずして「ふーっ」と長い息をはく。

「腰がの、もういうことをきかなくて……。若《わか》い者《もの》のようにはいかんの。」

わたしたちのほうをむいて、なかば言《い》い訳《わけ》するように、なかばうらみがましくいった。

「先生、すごかったです。どうしたらあんな剣道《けんどう》ができるんですか？」

思いきってそうきいてみると、五条先生はわたしのほうをむいてニコニコとうなず
いた。

わたしもニコニコしながらまつ。

わたしの質問《しつもん》、きこえなかったのかな、と思いはじめたころ、ようやく五条《ごじょう》先生がゆっくりと話しだした。

「いろいろあるんじゃが……。」

そのまま、電池がきれたように止まってしまった。

辛抱《しんぼう》づよくまっていると、ふいにまたスイッチが入ったように話しだした。

「まずは中心をとることじゃ。中心をとりつづけると、相手《あいて》は入ってこられないじゃろ。」

「中心？　どうやってとるんですか？」

「ちょっと、竹刀《しない》をもってごらん。」

わたしは正座《せいざ》したまま、わたされた竹刀をにぎってみた。

五条先生はニコニコとうなずいた。

「小指からにぎっているね。けっこう、けっこう。」

五条先生は自分も竹刀をにぎった。

「小指、薬指、中指の三本でにぎると、おなかで深い息ができるようになるんじゃよ。

そうすれば、気が充実《じゅうじつ》してくる。大きな声もだせるようになる。」

気……。

わたしは、ハッと思いあたっていった。

「わたし、前に、『気が充実してない』っていわれたことがあります。」

「ウン、ウン。」

五条《ごじょう》先生はさらにうなずく。

「おへその下に力を入れて、声をだすようにしてごらん。**きえええええ。**」

五条先生がとつぜん体育館じゅうにひびきわたるような大声をだしたので、わたしも茜《あかね》さんもビクッとして飛《と》びあがった。

五条先生はまたニコニコとわらう。

「そしての、相手《あいて》ののどもとに竹刀《しない》をむける。」

わたしは、五条先生をまねて竹刀をかまえてみた。

「こうですか。」

「じょうでき、じょうでき。」

五条《ごじょう》先生はニコニコする。

「そのまま中心をたもつようにして、あとは、打突《だとつ》の機会《きかい》をとらえて打《う》つだけじゃ。」

すごくかんたんそうにいうけれど、ほんとうはかんたんじゃないことぐらい、わたしにだってわかる。

こうかな。こうかまえればいいのかな。

竹刀《しない》の持ち方をあれこれやっているうちに、けっきょく監督《かんとく》の稽古《けいこ》を見のがしてしまった。

五条先生はゆったりとこういった。

「あせらずともだいじょうぶ。わたしも七十年ほど剣道《けんどう》をやってきて、ようやくいいかまえがわかってきたところじゃ。」

なんとはてしなく、気の長いお言葉。

ニコニコ顔でちんまりとすわっている五条先生を見ていたら、肩《かた》の力どころか、体じゅうの力がぬけていくような気がした。

十六

体《たい》あたり

ゆっくりと、竹刀《しない》をにぎる。

左手の小指に力をこめていくと、腰《こし》のあたりがぐーっと反《そ》ってきて、そこに力があつまってくるような気がする。

息は、どうだろう。深くなっているのかな。

声をだしてみる。

「きえぇぇぇぇ。」

ガランとした道場《どうじょう》に、わたしの声だけがひびく。

声、大きくなっているのかな。自分ではよくわからないけど。

たった一本の指が体全体につながっていると思うと、不思議《ふしぎ》。

自分では意識《いしき》できない、体のどこか深いところで、この指はいろんなところにつながっているんだ。

そのとき、ガラッと道場《どうじょう》の戸があいた。

「ねえ、なんかさっき、ニワトリみたいな声しなかった？　お寺で飼《か》いはじめたのかな？」

わっ。石田《いしだ》くんだ。

「ごめん……それたぶん、わたしの声……。」

「え？　そうなの？　そういえば、林《はやし》さんの声だったかも。」

石田くんはあせったようにいいながら靴《くつ》をぬぎ、きちんとそろえてからあがってきた。

道場をよこぎり、わたしのとなりに防具袋《ぼうぐぶくろ》をおいた。なかから小手《こて》をとりだして床《ゆか》にならべ、その上に面《めん》をおいて手ぬぐいをひろげてかける。

石田くんとふたりきりになるのはひさしぶり。ケガをさせてしまった、あの小手の稽《けい》古《こ》以来《いらい》だ。

道場のなかはしずかだ。石田くんが垂《た》れをむすんだり、胴《どう》をつけたりするときに布《ぬの》がこすれる音が、ときどきひびくだけだ。

石田《いしだ》くん、さっき、わたしとふつうに話してなかった？　もう、怒《おこ》ってないのかな。

それとも、なかにいるのがわたしだと思っていなかっただけなのかな。

ふと横を見たとき、胴《どう》ひもをむすんでいる石田くんのひじが目に入った。道着《どうぎ》のそでの下から、チラッとだけ。あじさいみたいな色だった右ひじは、バナナみたいな黄色にかわっていた。

「ねえ、石田くん……。」

思いきって立ちあがり、石田くんの前に行って声をかけた。

「なに？」

石田くんは顔をあげる。表情《ひょうじょう》は明るい。わたしは勇気《ゆうき》づけられて、言葉をつづける。

「それ……。」

わたしは、石田くんの右ひじのほうをゆびさした。

「まだ、いたい？」

石田くんは首を横にふった。

わたしは、手にもったままだった竹刀《しない》の柄《つか》を、つめがくいこむぐらいぎゅっとにぎりしめた。

「ケガさせてしまって、ほんとうに、ごめんなさい。それから、試合《しあい》にもでられなくさせて、ごめんなさい……。」

石田《いしだ》くんは目を見ひらいて、なにかをいおうと口をあけた。

そのときガラッと戸《と》があいた。

「おーい、太一《たいち》。まった？　ごめんオレ、委員会《いいんかい》の仕事が長引いちゃって……。」

浩次郎《こうじろう》くんがにぎやかにしゃべりながら飛《と》びこんできた。

石田くんはひらきかけていた口をとじた。わたしもパッと後ろをむいて道場《どうじょう》のすみに行き、にぎりしめたままだった竹刀をぶんぶんふって、素振《すぶ》りをしているふりをした。

その日、基本稽古《きほんげいこ》がおわると監督《かんとく》がいった。

「きょう、太一と成美《なるみ》は体《たい》あたりの練習。太一。成美に教えてやれ。小手《こて》を打《う》ってから、体あたり。四本打ったら交代《こうたい》で、やめがかかるまでつづけろ。」

「はい。」

むかいあって中段《ちゅうだん》にかまえると、石田《いしだ》くんはいった。

「まずぼくが打《う》つから、林《はやし》さんは受けて。」

わたしはうなずく。

石田くんはわたしの小手《こて》を打ったあと、横にぬけないで正面《しょうめん》からぶつかってきた。

小手と小手とがぶつかる。石田くんは小手でぐっとわたしをおす。その反動《はんどう》で、後ろにサッと飛《と》ぶようにさがる。

「こんな感じだけど、わかった？」

「うん。だいたい。」

石田くんはもう三本打って、つぎはわたしの番。

えーっと、まず、小手。

「コテーッ。」

それから、石田くんにぶつかっていって、小手で石田くんをおして、後ろにさがる。

まずまず、できたかな？

「成美《なるみ》！　ぜんぜんダメ！」

監督《かんとく》のするどい声が飛《と》んできた。

「腰《こし》が引けてる！　もう一回！」

わたしはかまえて、石田《いしだ》くんの小手《こて》を打《う》った。そして体《たい》あたりをしたとたん、監督の声が飛んできた。

「打ったら止まるな！　いきおいで胴《どう》と胴をぶつけるつもりで行け！」

「はいっ。」

もう一度、石田くんにぶつかる。

「まだ腰が引けてる！　うででおすんじゃない、腰でおすんだ！」

「はいっ。」

四本打って、交代《こうたい》。

こんどは、石田くんが怒《おこ》られた。

「太一《たいち》！　なにを遠慮《えんりょ》してる。ふっとばすつもりで体あたりしろ！」

「でも、前みたいに飛ばしちゃったら……。」

「成美《なるみ》、おまえも受けるときにぼさっとするな。じゃないと、太一《たいち》の練習にならん。」

剣道《けんどう》をはじめて最初《さいしょ》に石田《いしだ》くんと面打《めんう》ちをしたとき、わたしはふっとばされて頭を打ってしまった。そのときより、ちょっとは進化《しんか》しているだろうか。すこしは石田くんの役《やく》に立《た》てるように、なっているだろうか。


「はい、やります。石田くん、わたしはだいじょうぶだから。思いっきり体《たい》あたりして。」

わたしはかまえた。

「じゃ、いくよ。」

ズドン！

うわっ。

わたしは、とっさに左足を後ろに引いてふんばった。予想以上《よそういじょう》の威力《いりょく》。あやうく、後ろにたおれるところだった。

「成美、もっとひざと腰《こし》をやわらかくして、衝撃《しょうげき》を受けながすつもりで受けろ。」

監督《かんとく》にいわれて、あわてて左ひざと腰に意識《いしき》を集中する。やわらかく、やわらかく。

力を逃《に》がすように。

わたしたちは交代《こうたい》しながら、小手体《こてたい》あたりをくりかえした。

石田《いしだ》くんが休もうっていうまでは、ぜったいに休まない。それだけ、心に決めていた。

石田くんが、もうやめようっていうまでは。

しだいに、うでがどうやってうごいているか、よくわからなくなってきた。足さばきも、もうメチャクチャ。

意識《いしき》のなかにあるのは、腰《こし》だけ。

腰で飛《と》びこむ。腰でおす。腰でさがって……。

足がふらついて、石田くんが体あたりしてきたとき、わたしは思いっきり後ろに飛ばされてしまった。

「ごめん。だいじょうぶ、林《はやし》さん？」

石田くんがあわててかけよってくる。

「だ……だいじょうぶ。……前のときみたいに、頭、打《う》たなかったよ。」

わたしはふらふらしながらも、自分でなんとか立ちあがった。

そのとき、監督《かんとく》の声がひびいた。

「よし、そこまで。休憩《きゅうけい》して水分をとりなさい。」

はあ、やりきった。最後《さいご》まで、休まないでやりきったよ。

前かがみになったままうごけないでいるわたしに、石田《いしだ》くんがもう一度「だいじょうぶ?」と顔をのぞきこんできた。

わたしはゼーゼーしながら、石田くんにむかってわらってみせる。

「……ダイジョブ、……ダイジョブ。」

うまく息ができなくて、アントニオみたいないい方になってしまった。

アントニオの真《ま》っ黒《くろ》でつぶらな瞳《ひとみ》を思いだす。陽気《ようき》な声も思いだす。「ダイジョブ、ダイジョブネ」「馬の乗り方を学ぶだけでは、十分《じゅうぶん》ではありマセーン。落ち方も、学ぶ必要《ひつよう》がありマース」「わらって、林《はやし》サン、わらいマスヨ」。

パパはどうしてるのかな。ちゃんと会社に行けてるんだろうか。

「林さん、とりあえず面《めん》をはずそう。」

石田くんにうながされ、わたしたちはすわって面をはずした。

うわ、頭にまいていた手ぬぐいがぐっしょりだ。わたしはぬれた手ぬぐいで、さらにひたいから流れてくる汗《あせ》をふきとった。

「なんかさ、林《はやし》さん、かんちがいしてない？」

「え？」

わたしは石田《いしだ》くんのほうを見た。石田くんの顔もほかほかと赤くなっていて、髪《かみ》の毛《け》はシャワーを浴《あ》びた後のようにぬれている。

「ケガのことでまだ、ぼくが怒《おこ》ってるって思ってるの？　あれはもう、あやまってもらったと思うんだけど。まあ、大会にはでたかったけど、そもそも小手《こて》の稽古《けいこ》しようっていいだしたのは、ぼくだし。」

「だって、石田くん、学校でわたしのことさけてなかった？」

「ああ、それか。」

石田くんは、やっと納得《なっとく》がいったかのように大きくうなずいた。

「ふたりで話しているところを見られたら、高木《たかぎ》たちにからかわれるだろ。それなら近よらないほうがいいと思って。」

え？　そんな理由だったの？

「またいろいろいわれたら、林《はやし》さんだってイヤでしょ？　いまのクラスだってあと半年で卒業《そつぎょう》だし、同じ中学に行くかもわからないしさ。だから、ぼくたちは学校ではなるべくかかわらないようにして、高木《たかぎ》たちをやりすごしておけばいい。それが大人《おとな》の対応《たいおう》だよ。」

石田《いしだ》くん、大人だなあ。なんだかママの意見をきいているみたい。弟や妹のめんどうをみている人は、やっぱりちがうんだなあ。

「うん、そうだね、大人の対応だよね。ふふふっ。」

「林《はやし》さん、なんだかうれしそうだね。」

「なんか、きょうは石田くんと話せてよかったなあって、ふふふっ。」

ずっと石をかかえていたみたいだった心が、ふわふわとかるい。

わたしはこみあげてくる「ふふふっ」をかくすように、ぬれた手ぬぐいに顔をうずめた。

いたたた……。

わたしは顔をしかめながら、湯船《ゆぶね》から立ちあがった。

なんか、あちこちいたい。ひさしぶりに、筋肉痛《きんにくつう》になりそう。

タオルを体にまいてリビングを通ると、ママが「あらっ」と声をあげた。

「どうしたの、そこ。ひじのところ。」

そういわれれば、右ひじが、なんだかいたい。ひじを内側《うちがわ》にまげて見てみると、すりむけて、ほんのり赤くなっていた。

石田《いしだ》くんに体《たい》あたりで飛《と》ばされたとき、ひじを打《う》ったような気がする。

「ふふふっ。」

さくら色のひじを見ながら、なんだかうれしくなってわらってしまった。

「どうしたの、わらって。」

「だって、だって……ふふふっ。」

「成美《なるみ》ちゃん……、消毒《しょうどく》しようか？　湿布《しっぷ》のほうがいいかしら？」

ママはわたしのほうを、だいじょうぶかしらっていう目で見ている。

「ううん、いい。ふふふっ。ふふふっ。」

たしかに、へんな人みたい。ケガを見て、わらいが止まらないなんて。

あしたはここ、紫色《むらさきいろ》になるかなって思ったらもっとうれしくて、もっとわらってしまうなんて。

十七
中心をとりつづける

木曜日の夜の稽古《けいこ》がもうおわるというころ、監督《かんとく》がみんなをあつめていった。

「秋は試合《しあい》が多いから、みんな体調管理《たいちょうかんり》に気をつけて。まず、来週の錬成会《れんせいかい》……。」

「ちょっとまって。」

浩次郎《こうじろう》くんが、監督の言葉をさえぎった。

「団体戦《だんたいせん》だよね？　オレ、団体組みたくない人がいるんだけど。稽古《けいこ》にきたりこなかったり、フラフラしてる人とはいっしょにやりたくないんだけど。」

わたしは、サーッと血《ち》の気《け》が引くのを感じた。

そうだ、石田《いしだ》くんは怒《おこ》ってなくても、ずっとわたしのことを目《め》の敵《かたき》にしている人がいたんだった……。

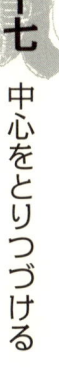

「なるほど。」

監督《かんとく》はうで組《ぐ》みをしてひとりひとりの顔を順《じゅん》にながめていたが、やがてこういった。

「きょうは最後《さいご》に試合《しあい》をしよう。二分三本勝負。まず、茜《あかね》と太一《たいち》。つぎに浩次郎《こうじろう》と成美《なるみ》。」

ええっ？　そんな、いきなり試合だなんて……。

浩次郎くんも、監督にくってかかった。

「はあ？　オレと成美で試合になるわけない。」

「やってみなければわからないぞ。試合をすれば、それぞれの成長度合《せいちょうどあ》いも課題《かだい》もわかる。そのうえで、判断《はんだん》してみればいい。」

浩次郎くんはチッと舌打《したう》ちして、こちらをにらみつける。

茜さんと石田《いしだ》くんが用意をしているとき、わたしのとなりによってきて低い声でいった。

「二分な。」

「え？」

ふりむくと、浩次郎くんはバカにしきったような目つきでわたしを見ていた。

「二分もたなかったら、剣道《けんどう》やめろ。」

二分三本勝負ということは、二分の試合《しあい》のあいだに二本とられたらその時点《じてん》で負けが決まり、試合がおわってしまう。二分もたせないといけない、ということは、一本しかとられてはいけないということだ。

浩次郎《こうじろう》くんは、身長は小さいけれどスピードがある。打突《だとつ》の速さに、わたしぜんぜんついていけないのだけれど……。

どうしよう、どんなふうに試合しようと考えているうちに、いつのまにか茜《あかね》さんと石《いし》田《だ》くんの試合がはじまっていた。「面《めん》あり!」という監督《かんとく》の鋭《するど》い声で、ハッとわれにかえった。

え? 石田くんのほうに旗《はた》があがってる?

すごい、石田くん。茜さんから一本とったんだ。

「二本目!」

茜さんがイラッとしているのが、見ていてわかる。剣道が好《す》きじゃないようなことをすぐいうけれど、だれよりも負けずぎらいなのが茜さんだ。

それに対して、石田《いしだ》くんのうごきはいつもと変《か》わらない。いつもどおりのおちついた足さばき。おそい、ともいえるのかな。でも、なにがあっても変わらないのはやっぱりすごいと思う。

そんな石田くんに、茜《あかね》さんはさらにイライラをつのらせていく。のこり時間が少ないのを感じているのか、手数《てかず》多く打《う》ちかかっていく。でも、うごきが荒《あら》い。いつもの茜さんの、教科書みたいな正しい美しさが、どんどん消えていく。

ねえ、わたし、打ったでしょう？　茜さんはそういいたげに、監督《かんとく》のほうを見る。監督は旗《はた》をあげない。わずかに首を横にふるだけだ。茜さんは、足をダンッ、とふみならし、また打ちかかっていって……。

ストップウォッチをにらんでいた浩次郎《こうじろう》くんが、ビーッとブザーを鳴らした。

監督は、さっと赤い旗をあげた。

「勝負あり！」

石田くん、茜さんに勝った！

石田くんに声をかけたかったけれど、浩次郎くんがテキパキと面《めん》をつけはじめたので、わたしもあわてて面《めん》をつけた。

面ひもをむすんでいると、監督《かんとく》がとなりにきた。

「どうだ、成美《なるみ》。勝てそうか？」

「そんな気はぜんぜんしません。」

「ほう。どうしてだ。」

「浩次郎《こうじろう》くんはうごきが速いし、技《わざ》もたくさん知っているし、むかしから剣道《けんどう》やってるし、すっごく思い入れも強いし、いつも大会で勝ちすすんでるし……。」

監督はちょっとわらって、面金《めんがね》の上からわたしの口を手でふさぐまねをした。

「理由はたくさんあるな。ただ、このなかに入るときは、それはぜんぶおいていけ。」

監督は、黒ずんだ木の床《ゆか》にひいてある白いラインをゆびさした。試合場《しあいじょう》を区切《くぎ》ってある、四角いライン。たくさんの人が稽古《けいこ》してふんだり、ぞうきんをかけたりしているから、すりきれたようにうすくなっている。

「考えすぎると、よけいな力が入るからな。なかにもっていくのは、自分の体ひとつにしたほうがいい。」

そういうと監督《かんとく》は立ちあがり、試合場《しあいじょう》のなかに入っていった。

わたしも竹刀《しない》をもち、白いラインのふちに立つ。浩次郎《こうじろう》くんが、試合場のむこうがわに立つ。

わたしたちは同時にラインのなかに足をふみいれた。礼《れい》をして三歩前にすすみ、竹刀をかまえて蹲踞《そんきょ》をした。

よけいなものはぜんぶ、おいてくる。

むずかしいです、監督。だってわたし、いまだって、二分間もたなかったらここをやめなきゃいけない、って考えてる。

そのときふと、五条《ごじょう》先生の言葉を思いだした。

『ずっと中心をとりつづけていれば、相手《あいて》は入ってこられない。』

わたしは二分のあいだに、二本とられなければいい。

ということは、この試合にかぎっては、わたしは守りに徹《てっ》することができる。二分間中心をとりつづけられれば、なんとかなるかもしれない。

「はじめ！」

わたしはスッと立ちあがった。

「コテエエ。」

浩次郎《こうじろう》くんが、いきなり飛《と》びこんできた。

くると思っていた。飛びこみ小手《こて》は、浩次郎くんの得意技《とくいわざ》だから。

わたしは中段《ちゅうだん》にかまえたまま、竹刀《しない》をうごかさなかった。

剣先《けんさき》が中心をはずれていなかったおかげで、わたしの竹刀の先は浩次郎くんの面金《めんがね》のまんなか、鼻の先のあたりを突《つ》いた。

浩次郎くんはよろめいたが、一歩さがって、また遠間《とおま》でかまえなおす。

じりっ。じりっ。

浩次郎くんは間合《まあ》いをつめてくる。一足一刀《いっそくいっとう》の間合い。

浩次郎くんは、竹刀の先でわたしの竹刀を右のほうへぐいぐいおしてくる。

わたしは、浩次郎くんの竹刀をおしかえした。

中心のとりあい。わたしと浩次郎くんは、おたがいに中心をとろうとして竹刀をおしあった。

スッ。

浩次郎《こうじろう》くんは、ふいに力をぬいた。

わたしの竹刀《しない》はいきおいあまって大きく左にずれそうになる。

はっ。

わたしは、あわてて竹刀の先を中心にもどした。

浩次郎くんはすばやく竹刀をあげて小手《こて》を打《う》つつもりだった。でも、わたしがかまえをもどしたので、浩次郎くんの竹刀の先は、わたしのこぶしにあたった。

ひやっとしたけれど、旗《はた》はあがらない。

ふー、あぶないあぶない。

何センチかずれていれば、小手にあたってしまうところだった。

浩次郎くんは、またさがった。

竹刀がふれるかふれないかの距離《きょり》で、にらみあう。

中心をはずさない、というのはかんたんそうでむずかしい。相手《あいて》がいろいろしかけてくるなかで、ずっと正面《しょうめん》をたもっていなくてはならない。

浩次郎《こうじろう》くんとわたしは、かまえてむかいあったまま、ジリッ、ジリッとすすんだり、さがったりをくりかえす。

わたしからも、打《う》ってみようか。

わたしが竹刀《しない》をぴくっとうごかしたとたん、浩次郎くんが飛《と》びこんできた。

「コテーッ」

わたしはあわてて竹刀を中心にもどす。

浩次郎くんの竹刀は、わたしのひじのあたりをかすめた。

あぶない、あぶない。

わたしがちょっとでもうごけば、浩次郎くんは飛びこみ小手《こて》を打とうとねらっている。

これは、うかつにうごけない。

打突《だとつ》の機会《きかい》なんて、どうやったら見つけられるかわからない。中心をとるだけでもう、いっぱいいっぱい。

竹刀の先が相手《あいて》ののどもとをむいていることだけに、足さばきも、おへそも、竹刀をかまえるうでも、指の一本一本も、すべてを集中する。

ビーッ。

ブザーの音がして、わたしはビクッとした。

「やめ！」

監督《かんとく》が、紅白《こうはく》の旗《はた》をあげた。

「延長戦《えんちょうせん》！」

「延長戦、って？」

わたしはオウムがえしに監督にきいた。

「ここからは延長戦。時間無制限《むせいげん》で、どちらかが一本とるまでやるんだ。」

どちらかが一本とるまで、試合《しあい》をつづけるの？

「すごいよ、成美《なるみ》ちゃん。延長戦だよ。」

茜《あかね》さんが興奮《こうふん》して声をかけてくる。

ええっと、わたし、二分間、一本もとられなかった。それはクラブをやめなくてもいい、っていうことだ。

それはよかった。でも同時に、こまったことにも気がついた。

ずっと中心をとっていれば、相手《あいて》は入ってこられない。でも、かまえをくずした瞬間《しゅんかん》に浩次郎《こうじろう》くんは打《う》ってくる。っていうことは、わたしから打ちにいくこともできない。

この試合《しあい》、どうやったらおわるの？

十八 打突《だとつ》の機会《きかい》

「はじめ！」

監督《かんとく》の声に、わたしたちは立ちあがった。

浩次郎《こうじろう》くんも、こんどはいきなり打《う》ちこんできたりしない。

さぐるように、わたしの目を見ている。

わたしもじっと浩次郎くんの目を見つめかえす。

浩次郎くんの目が、ちらっと下をむいた。

はっ。

小手《こて》を見た！　小手を打ってくる！

そう思った瞬間《しゅんかん》、右手を守ろうと、反射的《はんしゃてき》に竹刀《しない》が右によってしまった。

「メーン！」

浩次郎《こうじろう》くんは、ぴょーんと飛《と》びこんできた。

フェイントだ！　目でフェイントをかけられた！

あわてて竹刀《しない》を中心にもどしたところに、ちょうど浩次郎くんが飛びこんできた。

ガツン！

竹刀をもつ手に、強い衝撃《しょうげき》が走った。思わず左足を後ろに一歩さげて、たおれないように体をささえた。

そのとき目にうつった光景《こうけい》は、スローモーションのようだった。

竹刀の先が、浩次郎くんののどのあたりを突《つ》いた。浩次郎くんが、おどろいたように目を見ひらいて、後ろに飛んでいく。

ドン、と音をたてて浩次郎くんが床《ゆか》にしりもちをつくのが見えた。

「ごほっ、ごほっ。」

のどをおさえて浩次郎くんがせきこむ。

胃《い》のあたりが、きゅーっと冷《つめ》たくなった。

わたし……わたし、また、やってしまった。ケガさせてしまった。どうしよう。

「やめ！」

監督《かんとく》が、浩次郎《こうじろう》くんのところにかけよった。

「だいじょうぶか。」

浩次郎くんは二、三度せきをしながら、うなずいて立ちあがった。

「だ、だいじょうぶ？　ほんとうにだいじょうぶなの？」

おろおろしながら近づくと、浩次郎くんはギロッとわたしをにらんで、竹刀《しない》をむけた。

「だいじょうぶだっていってんだろ！」

お……怒《おこ》ってる？　わたしが、ケガさせちゃったから？

「いいからかまえろよ！」

ほ……ほんとうに、だいじょうぶなのかな。

なんとか竹刀をかまえた。あ、竹刀の先がふるえてる。ってことは、わたしの手がふるえているの？

これ、どうやったら止まる？

指に力が入らない。ガツン、っていう感触《かんしょく》が、手のひらにのこってて、どれだけ力をこめても、ふるえがとまらない……。

「監督《かんとく》、林《はやし》さんの面《めん》ひもがほどけそうです。」

石田《いしだ》くんの声がした。監督はちらりとわたしを見ていった。

「いったん休憩《きゅうけい》しよう。成美《なるみ》、面ひもをなおしてこい。浩次郎《こうじろう》も、一度面をはずして首を見せてみろ。」

わたしたちは竹刀《しない》をおさめて一礼《いちれい》して、試合場《しあいじょう》の外にでて正座《せいざ》した。

まだふるえのおさまらない手で、面をはずした。

わたし、二分間試合をもたせたから、ここをやめなくてもいいんだよね？　じゃあ、もう負けてもだいじょうぶだ。また人をケガさせるような、こわい思いをするくらいなら、このへんで浩次郎くんに一本決めてもらって……。

そのとき、石田くんがすっとよってきて、低《ひく》い声でいった。

「林さん、さっきのは突《つ》き、っていう技《わざ》だから。気にしなくていいよ。」

「突き？」

「大人《おとな》の剣道《けんどう》ではちゃんとみとめられてる技《わざ》だよ。面《めん》からさがっている突《つ》き垂《だ》れの部分を剣先《けんさき》で突くんだ。ちゃんと防具《ぼうぐ》で守られているからだいじょうぶだよ。浩次郎《こうじろう》は自分の不注意《ふちゅうい》で技をくらったことがわかってるから、怒《おこ》ってるんだ。」

「ケガさせたわけじゃなかったんだ……。」

ああああ、そうだったんだ。よかった。よかった。

「それより。」

石田《いしだ》くんは、耳もとに口をよせてきた。

「このまえの試合《しあい》で、浩次郎が背《せ》の高い相手から面を打《う》たれたのおぼえてる？」

「うん。市民《しみん》スポーツ祭でしょ？」

「浩次郎はいま、高いところからの面をこわがってる。無意識《むいしき》だけどね。だから林《はやし》さんが面を打とうとしたら、ふせごうとして手もとをあげるはず。そこに小手《こて》を打てば、一本とれるかもしれない。」

「え？」

わたしは、石田くんの顔を見あげた。なにかにワクワクしているみたいに、目が熱《ねっ》っぽくかがやいている。

「そのかわり、相手《あいて》に『わ、面《めん》がくる、やられる』って本気で思わせるんだよ。一瞬《いっしゅん》だけでいいから気《き》で相手《あいて》をびびらせるんだ。」

「石田《いしだ》くん、わたしが浩次郎《こうじろう》くんから一本とれると思ってるの？」

「ぼくだって、茜《あかね》から一本とれたんだよ。体《たい》あたりして、茜の体勢《たいせい》をくずしてからの引《ひ》き面《めん》。あんなにきれいに決まったの、はじめてだよ。」

「そんな技《わざ》だったんだ……。」

「見てなかったの？」

「ちょっとぼーっとしてて。」

「まったく。」

石田くんはわらった。

「とにかく、林《はやし》さんが体あたりの練習につきあってくれたおかげだよ。ぼくにできたんだから、林さんにだってできる。」

わたしはだまって、手ぬぐいを頭にきつくきつくまいた。面ひももぎゅーっと、ちぎれそうなほど引っぱった。

このへんで浩次郎《こうじろう》くんに一本決めてもらえばいいなんて、なんてバカなことを考えていたんだろう。

わたし、また逃《に》げてしまうところだった。石田《いしだ》くんが引きもどしてくれた。

わたしはしずかに立ちあがった。

「行ってくるね。」

「うん。がんばって。」

石田くんはこぶしをさしだす。わたしは小手《こて》の先をちょん、とそのこぶしにつけた。

試合場《しあいじょう》の外に立ち、浩次郎くんがくるのをまつ。面《めん》ひもの具合《ぐあい》を確認《かくにん》しようと手で頭の後ろをさわったとき、剣道着《けんどうぎ》のそでがずりあがって、ひじのところのさくら色のきずあとが目に入った。

監督《かんとく》は、試合場のなかにもっていくのは体ひとつにしたほうがいい、といった。

それなら、このきずあとはもっていける。これは、わたしが稽古《けいこ》をしてきた時間。逃げなかったという体の記憶《きおく》。

むこうがわに、浩次郎《こうじろう》くんがあらわれた。わたしは剣道着《けんどうぎ》のそでをひっぱりおろす。

さあ、ここからは試合場《しあいじょう》のなかだ。

左手の小指、薬指、中指と順《じゅん》に力をこめて竹刀《しない》の柄《つか》をにぎっていくと、不思議《ふしぎ》と心が落ちついてくるのを感じた。竹刀を相手《あいて》ののどもとにむける。

「はじめ！」

監督《かんとく》の声がかかった。

わたしたちはおたがいに中心をとろうと、竹刀をむけたままジリッ、ジリッと円をえがくように移動《いどう》していく。

浩次郎くんの目は、さぐるようにわたしを見つめている。わたしも見つめかえす。視《し》線《せん》をそらしちゃいけない。視線にだまされてもいけない。相手がうごきだす瞬間《しゅんかん》を、なんとかしてとらえたい。

体じゅうが耳になったような気がする。体ぜんぶを耳にして、浩次郎くんに耳をすます。息づかい。足音。視線のうごき。竹刀のゆれ。

知りたい。浩次郎くんの心のなかを。攻《せ》めてくる？　警戒《けいかい》している？　打《う》つよ？

行ってもいい？

わたしが足をすこし前にだすと、浩次郎《こうじろう》くんはピクッと竹刀《しない》をうごかした。

その動作《どうさ》に、浩次郎くんのわずかな恐怖《きょうふ》を感じたような気がした。

浩次郎くんも、こわいんだ。さっき、のどを突《つ》かれたから？　それともこのまえ、背《せ》の高い相手《あいて》に負けたから？

こわいと感じるのは、わたしだけじゃないんだ。

それならば。

一瞬《いっしゅん》だけ。ほんの一瞬だけ。

ものすごく背が高くて、ものすごく強い人のつもりになってみよう。

ウソでいい。虚勢《きょせい》でかまわない。

浩次郎くんを圧倒《あっとう》するような、気合《きあ》いを――。

「ヤーッ！」

自分でもおどろくような、声がでた。

浩次郎くんは、一瞬ビクッとした。

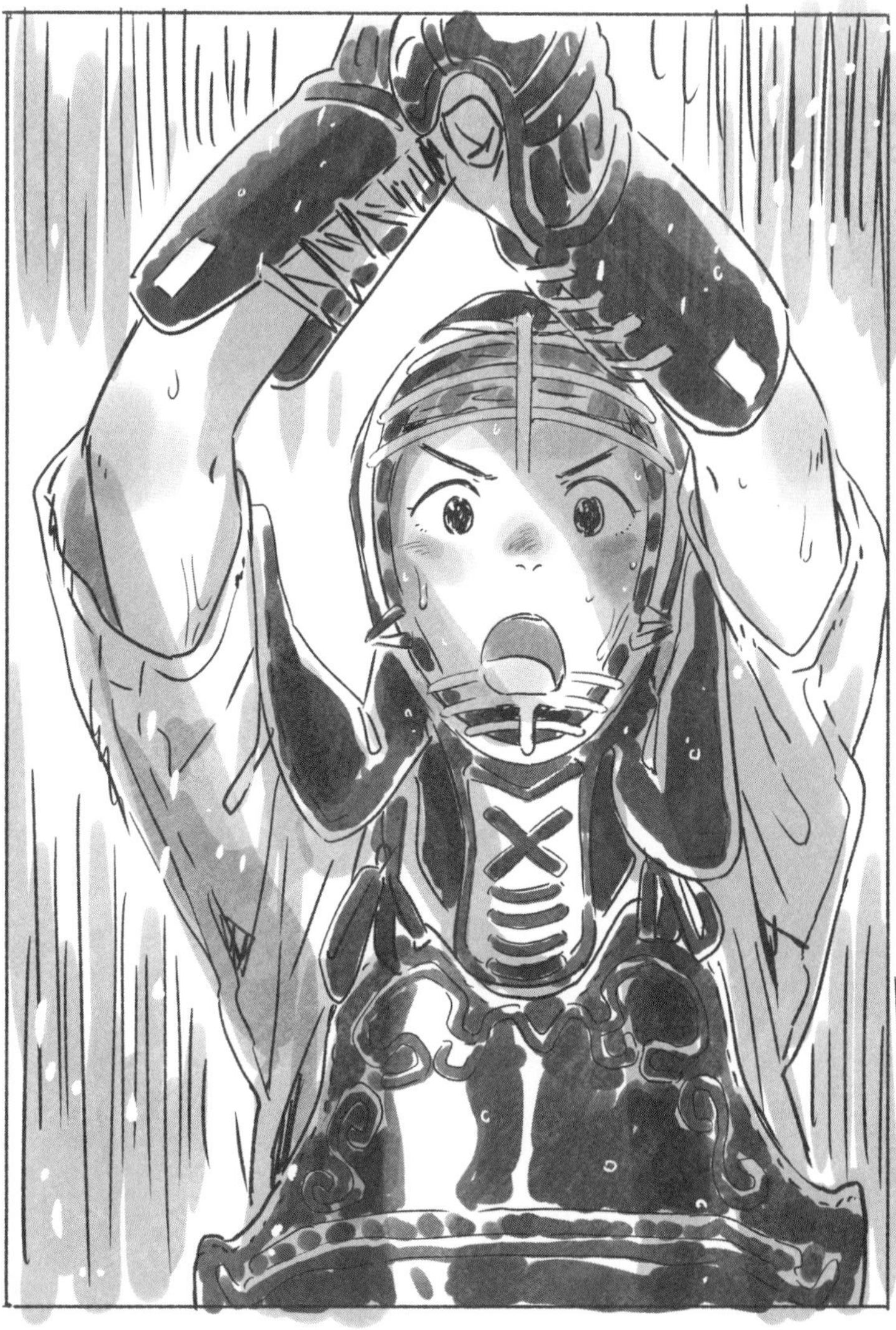

わたしは大きく竹刀《しない》をふりあげる。

浩次郎《こうじろう》くんは面《めん》をふせごうと思ったのか、反射的《はんしゃてき》にうでをあげる。

視界《しかい》のすみに、ちらりと小手《こて》がうつった。

見えた――。

「コテーッ！」

竹刀の先が小手をとらえた瞬間《しゅんかん》、手《て》の内《うち》をキュッとしめた。

タン！

小気味《こきみ》いい音をききながら、わたしは浩次郎くんの横をすりぬける。

ふりかえって残心《ざんしん》をとると、まんまるくなった浩次郎くんの目が見えた。

「小手あり！」

監督《かんとく》が、さっと白い旗《はた》をあげる。

竹刀をおさめているときも、浩次郎くんはびっくりしたあまり魂《たましい》のぬけたような顔をしていた。

礼《れい》をして後ろにさがったとたん、しゃべりだした。

「急にでかい声だすからびっくりしただけだからな。かんちがいすんなよ。成美《なるみ》がオレより強いってわけじゃないからな。」

「やめなよ、浩次郎《こうじろう》。一本とられたんだから、文句《もんく》いわない。」

茜《あかね》さんがビシッといった。

「だって成美ごときにさ……。」

「成美ごとき？　成美さんってよびな。成美さまでもいいぐらい。」

「やだ。茜や太一《たいち》だってよびすてにしてるのに、なんで成美だけさんをつけなきゃいけないんだよ？」

「それもそうね。」

茜さんはわたしのほうをむいた。

「どうして成美ちゃんは、わたしのこと『茜さん』っていうの？　ずっと敬語《けいご》なの？」

ひえっ。こんどはわたしにとばっちり？

「だって……わたしはまだ、入ったばっかりだし……へたくそだし……。」

「もう入ったばかりじゃないでしょ？　浩次郎から一本とれるぐらいになったんで

しょ？」

茜《あかね》さんは、腰《こし》に手をあてて仁王立《におうだ》ちになった。

「いい？　これからは、『太一《たいち》』『浩次郎《こうじろう》』『茜』ってよぶこと。」

「そんな、いきなりはむりです。」

「はあ？」

わたしより背《せ》の低《ひく》いはずの茜さんが、ぐーっと大きくなった。さすがです、茜さん。気で相手《あいて》をびびらせるって、まさにこういうことですね。

「いいから、よぶの。」

「……はい、やってみます。」

わたしはおとなしくしたがうしかなかった。

十九
もうひとつの打突《だとつ》の機会《きかい》

目がさめて、ベッドの上に起きあがり、そっと小指から順《じゅん》に指をにぎってみた。

昨日《きのう》、わたしは小手《こて》を打《う》ったんだ。

あの感覚《かんかく》をのこしたくて、わたしは目をつぶる。

ほんの一瞬《いっしゅん》のことだったから、ちゃんと思いだすのはむずかしい。下のほうに小手がチラッと見えて、そしたら思わずヒュッと竹刀《しない》をふってて……。

そのとき「ピロリロリ……」という電子音がきこえてきて、わたしはビクッとふりかえった。インターネット電話のよびだし音だ。そういえば昨日の夜、パパと話そうと思ったけれどつながらなくて、パソコンをそのままにして寝《ね》てしまったんだっけ。

パパがこんな時間にかけてくるなんて、めずらしい。

「おっはよー、成美《なるみ》ちゃ〜ん。」

パパは真《ま》っ赤《か》な顔をして、手をピッとおでこにあてて敬礼《けいれい》している。

うわ。よっぱらいだ。

「パパ、飲んできたの？　ベッドに入ってちゃんと寝《ね》なさい、ね？」

「飲んだよ〜。楽しかった〜。」

パパはグラスをかかげて乾杯《かんぱい》するまねをする。

「ハッピーバースデー！　ビアンカ！」

そのまま前にたおれて、テーブルにつっぷして寝てしまった。

「パパ！　パパ、起きて。ねえってば。」

あせってよびかけていたら、後ろからだれかが入ってきた。

「ダイジョブ、ダイジョブネ。わたし、めんどうみマス。」

アントニオが、パパをだきおこしてペットボトルからお水を飲ませた。

「林《はやし》サン、きょうは楽しカッタ。工場の人と、仲《なか》なおり。だから、飲みすぎタヨ。」

「仲なおりしたの？　どうやって？」

「きょう、ビアンカのバースデー。お祝《いわ》いしマシタ。」

アントニオは、大きな手で器用《きよう》にパパのネクタイをゆるめた。

「メキシコの会社では、従業員《じゅうぎょういん》のバースデー、お祝いしマス。これ、あたりまえ。でも、ここの工場ではしてなカッタ。だからわたし、いいマシタ。林《はやし》サン、みんなのバーズデーおぼえてくだサイ。ちょっとしたプレゼントと、お菓子《かし》くばるだけでいいデス。林サン、きょうそれやりマシタ。みんな、うれしい。みんな、林サンにバースデーおぼえてもらって、うれしい。」

いいな、メキシコの会社って。大人《おとな》になっても、会社でお誕生日《たんじょうび》をお祝いしてもらえるんだ。

パパはとつぜんぱちっと目をさまし、わたしにむかっていった。

「いいんだよ〜。パパは、まだ馬の乗り方をおぼえてるとちゅうだから。何回落ちてもいいんだってさ。」

ごきげんだなあ、パパ。いい感じによっぱらって。

「林サン、ベッド行きマショウ。」

アントニオはパパに肩《かた》をかして立ちあがらせて、わたしにウインクした。

「ちゃんと、寝《ね》させマス。ダイジョブ。ダイジョブネ。」

アントニオは、部屋の奥《おく》のほうにあるベッドにパパを寝かせ、わたしに手をふりながら部屋をでていった。

よかったね、パパ。ちゃんとメキシコ流《りゅう》の仲《なか》なおりができたんだ。

パパの大きないびきがきこえてくる。わたしはあわててパソコンをとじた。


いい感じに目ざめたにもかかわらず、その日は運《うん》のわるい日みたいだった。

休み時間のおわりを知らせるチャイムが鳴ったとき、わたしはちょうどドッジボールをキャッチしたところだった。

「きょうは成美《なるみ》のばん～。」

「ナル、よろしくね。」

クラスのみんなが教室に引きあげていくなか、わたしはボールをもって反対方向にかけだした。

サッカーゴールの前には、石田《いしだ》くんが立っていた。

「太一《たいち》、よろしく。」

「これも〜。」

二組の男子は、つぎつぎに石田くんにむかってボールをける。

またやってる。なんか、やな感じ。

そのとき、わたしは鉄棒《てつぼう》の下に美咲《みさき》ちゃんがいることに気がついた。

美咲ちゃんは、ジーッと石田くんのほうを見ている。

どうしよう。わたしたち、学校では近よらないほうがいいんだよね。なるべくかかわらないようにするのが、大人《おとな》の対応《たいおう》なんだよね。

でも、美咲ちゃん……。

ああ、だめ。わたし、大人の対応なんて、できない。

わたしは背筋《せすじ》をのばすと、石田くんにむかってかけよった。

「ボールはこぶの、てつだうよ。」

石田くんはちょっとびっくりしたような顔をしたけれど、わたしはかまわずにサッカーボールをひろい、両うでにかかえて「行こ」といった。

「ヒューヒュー！」

「すげえ、ラブラブ！」

男子たちが、はやしたてる。

「よかったな、太一《たいち》！」

「また、壁《かべ》ドンしてもらえよ！」

男子のだれかが、わたしの背中《せなか》をおした。石田《いしだ》くんもおされてこっちにむかってくる。

わたしは反射的《はんしゃてき》に、竹刀《しない》をもっているときみたいにうでをかまえた。石田くんもつられてかまえる。

うでとうでとが、ぶつかる。

ボールがぽろぽろとうでからこぼれたけれど、かまわずにぐっと腰《こし》を入れて石田くんをおし、後ろに飛《と》びすさった。

ふたりでさんざん練習した、剣道《けんどう》の体《たい》あたり。

しっかりと地面《じめん》をふみしめて着地《ちゃくち》した。

びっくりしたような顔の男子たちを見わたした。なあんだ。よく見たら、みんなわたしより小さいじゃない。

「つきあってないよ。」

わたしは、はっきりといった。

「わたしと石田《いしだ》くんは、つきあってない。剣道《けんどう》をいっしょにやってる、仲間《なかま》なんだよ。」

あ、そうだった。これからは、太一《たいち》ってよばなきゃいけないんだった。そのとき、なぜかとうとつに、そんなことを思いだした。

わたしは落としたボールをひろいあげ、太一に「行こ」といった。

太一は「ああ」と答える。

ならんで歩きだした。もう、だれもなにもいわない。

ガサガサッと音がして、小さな目が植《う》えこみのなかからわたしたちを見ているのに気がついたけれど、知らないふりをしてその前を通りすぎた。

美咲《みさき》ちゃん、忍者《にんじゃ》になりたいなら、ショッキングピンクのシャツなんか着てちゃだめだよ。

「ごめんね。」

倉庫《そうこ》についたとき、わたしは小声でいった。

「わたし、大人《おとな》の対応《たいおう》なんてできなかった。」

太一《たいち》はうす暗い倉庫のなかのかごに、ポンポンとボールを投《な》げいれる。

「いいんだよ。」

ふいに、怒《おこ》ったような口調《くちょう》でいった。

「ほんとうはさっき、てつだうっていってくれて、うれしかっ……。」

言葉の最後《さいご》がかすれた。太一は目のふちを手でらんぼうにこする。

泣《な》きべそをかいた顔があんまりに子どもっぽくて、わたしは美咲《みさき》ちゃんが見ていたらたいへんと、あわてて背中《せなか》で太一をかくすようにして倉庫の入り口に立った。


「おーい、成美《なるみ》。成美いる？」

大きな声が、教室にひびいた。

声の主《ぬし》は、ほかのクラスなのに遠慮《えんりょ》なくズカズカ入ってきて、わたしの前の席《せき》にどかっと腰《こし》をおろした。

「な……なに？　高木《たかぎ》くん。」

わたしはビクビクしながら答えた。やだなあ、すっかりクラスの注目の的《まと》になっちゃった。高木ファンの女の子たちがこっちを見てひじでつっつきあっている。マユちゃん、わたしをにらまないで……。

「成美《なるみ》さぁ、この子のこと知ってるよな？」

高木くんは、うすい新聞のようなものをさしだした。「ポケット・パーク」というカラフルな題字《だいじ》が、パッと目についた。

こ、これはもしかして……。

高木くんはそのなかの一ページをひらいた。「街角《まちかど》ファッション・チェック　きょうのファッションのポイントは？」という見出《みだ》しがついている。

高木くんがゆびさしたのは、ふんわりとカールした髪《かみ》の女の子が白いふわふわした上着を着て、同じように白いふわふわのバッグを片手《かたて》に、ポーズをとっている写真。ピンク系《けい》の甘《あま》めメイク。ほんわかした笑顔《えがお》。これは、まちがいなくあのときの……。

「茜《あかね》さ……。」

あ、「さん」はつけちゃいけないんだった、と思いだして、わたしは「茜」といいなおした。

「やっぱそうだよな？　開会式で成美《なるみ》といっしょにいた子だよな？　茜っていうの、名前？」

「うん、そうだけど……。」

写真の下についている文章《ぶんしょう》を読んだら、頭がクラクラしてきた。

「きょうのファッションのポイントは、ふわもこのバッグです。ふわふわしたものが大《だい》好《す》き。胸《むね》がキュンキュンしちゃいます。きょうはこれから、カフェめぐりです。」

さ、さすが女優《じょゆう》……。

みんな、だまされないで。この子はこのあとカフェめぐりどころか、防具屋《ぼうぐや》で竹刀《しない》をけずっていたんですよ。

高木《たかぎ》くんが、しみじみという。

「かわいいよなぁ、この子。」

すっかりだまされている人が、ここにもひとり。

高木《たかぎ》くんは、わたしのほうへ身《み》をのりだしてきた。

「ね、この子紹介《しょうかい》してよ。」

「えっ。」

「仲《なか》いいんだろ？　このまえも手つないでたし。」

いや、でも、紹介するのはちょっと……。

どうやってことわろうかと思案《しあん》しているとき、ふと、あることを思いついた。

これは、ひょっとして……。

絶好《ぜっこう》の、打突《だとつ》の機会《きかい》。

わたしは、高木くんにむかってにっこりわらってみせた。

「いいよ。紹介してあげる。あした、ちょうど茜《あかね》と会うし。」

「マジ？　成美《なるみ》、話せるぅ。」

有頂天《うちょうてん》になった高木くんに、わたしはさらにほほえんでみせる。

わたしも、女優《じょゆう》になれるかしら？

二十　高木《たかぎ》くん

「なにここ？　ボロい寺だなぁ。」

わるぎはないのかもしれないけれど、高木《たかぎ》くんってやっぱり声が大きい。わたしはひやひやしながら、あわてて高木くんを道場《どうじょう》のなかにおしこむ。

「剣道《けんどう》の稽古《けいこ》？　えー、あの子とふたりで会いたかったのにさぁ。」

「でもほら、茜《あかね》、はずかしがり屋《や》だから。最初《さいしょ》からふたりだと警戒《けいかい》しちゃうでしょ？」

「茜ちゃんって、はずかしがり屋なんだ。写真でもそんな感じするよね。」

「だから、きょうは、稽古の見学にきたってことにしておいて、ね？　そこから、ちょっとずつ仲《なか》よくなれば……。」

いっしょうけんめいに説明《せつめい》しているとき、道場の戸《と》がガラッとひらいた。

「おはよう、成美《なるみ》。あれ？　見学者？」

入ってきたのは、太一《たいち》。にこやかにあいさつしたけれど、わたしのとなりにいるのが
高木《たかぎ》くんだとわかると、いっきに顔がこわばった。

「おはよう、太一。きょうはね、高木くんが見学したいんだって。」

「ぶはっ。」

高木くんが、爆発《ばくはつ》するようにわらいだした。

「なに、おまえら。名前でよびあってんの？　やっぱり、つきあってるよね？」

「林《はやし》さん、ちょっと。」

太一が、わたしを道場《どうじょう》のすみにひっぱってきた。

「なんで、高木なんかつれてきたの？」

ヒソヒソ声でとがめるようにいう。

わたしは、まじめな顔で答えた。

「打突《だとつ》の機会《きかい》です。」

「え？」

「とにかく、わたしにまかせて。」

高木《たかぎ》くんの大きな声がわりこんでくる。

「ふたり、ないしょ話なんかしちゃって仲《なか》いいじゃない？」

そのとき、また道場《どうじょう》の戸《と》がガラッとひらいた。

「太一《たいち》！」

茜《あかね》が、いきおいよく飛《と》びこんでくる。

「きょうはもっかい、わたしと試合《しあい》して。ね、いいでしょ？」

「おはよう、茜。でもさ、試合やるかどうかは監督《かんとく》が決めることだよ。」

太一はおだやかに返事《へんじ》をする。

「じゃあ、地稽古《じげいこ》。時間があまったら、地稽古やろうよ、太一。」

高木くんは、ふたりを交互《こうご》に見くらべる。

「茜？　太一？　えっ？　えっ？」

わたしはにっこりわらう。

「そうなの。ふたりは、名前でよびあう仲《なか》なの。」

高木《たかぎ》くんは凍《こお》りついたような表情《ひょうじょう》になったけれど、気をとりなおして「ポケット・パーク」を茜《あかね》にむかってさしだした。

「ねえ、これ、きみでしょ？」

茜は、いきなり高木くんの手から「ポケット・パーク」をうばいとって、窓《まど》の外にほうりなげた。

「な、なにする……。」

窓にかけよろうとした高木くんの胸《むな》ぐらを、茜はつかんでひきよせた。

「いい？　ここでは、あれをださないで。話にもだしちゃダメ。だしたら、あんたののどに風穴《かざあな》があくぐらいの突《つ》きをくらわしてやるから。」

茜、気《き》がでまくりですよ。びびらせまくっちゃってますよ。

茜はわたしたちのほうをふりかえって、ヒソヒソ声でいった。

「お母さんにはたのみこんで許可《きょか》をもらったんだけど、お父さんにはいってないの。だから太一《たいち》と成美《なるみ》もだまってて、ね？」

そして、おびえた顔の高木くんから手をパッとはなして、にっこりわらった。

「ごめんね？　でも、こっちにはこっちの事情《じじょう》があるの。わかってくれるよね？」

「あ……ああ。」

高木《たかぎ》くんはすっかり気圧《けお》されたようすでうなずいた。たすけをもとめるような視線《しせん》をこちらに送ってきたけれど、わたしは竹刀《しない》にささくれがないか点検《てんけん》するのに夢中《むちゅう》なふりをした。やっぱり、はずかしがり屋《や》っていう設定《せってい》は……うん、むりがあったかも。

わたしは高木くんと視線《しせん》をあわせないようにしながら、茜《あかね》に話しかける。

「ねえ、茜。このあいだの太一《たいち》との試合、どうだった？」

「ああ、あれね。」

茜はいまいましそうにいいながら、細い腰《こし》に垂《た》れをぎゅっとまいた。

「わたし、一本とられたあとカーッとなっちゃったのがダメだったな。太一は強いよ。なにがあっても動《どう》じないところがすごい。」

茜、グッジョブです。

わたしは心のなかで、手をグーにして親指を立てた。声を大きめにしていう。

「やっぱり、太一って強いよね。茜から一本とっちゃうもんね。」

「なにいってんの。成美《なるみ》だって、覚悟《かくご》しておいたほうがいいわよ。」

「え？」

「浩次郎《こうじろう》が……。」

茜《あかね》がいいおわらないうちに、浩次郎の声が道場《どうじょう》に鳴りひびいた。

「おい、成美！　勝負だ！」

ああ。そうですよね、そうきますよね。

「逃《に》げるなよ。オレはなぁ、もういままでのオレじゃない。背《せ》の高い相手《あいて》の対策《たいさく》をちゃんととってきた。さあ、勝負！」

後ろから入ってきた監督《かんとく》が、浩次郎のえりくびをつかんでつまみあげた。

「まず、ちゃんと準備《じゅんび》運動して素振《すぶ》り。……お？　見学者か？」

「はい、同じ学校の高木《たかぎ》くんです。」

わたしが紹介《しょうかい》すると、監督はうなずきながら、高木くんをじっくりとながめた。

「なにかスポーツやってる？　その足の筋肉《きんにく》は、サッカーかな？」

「はい、そうです。」

「そうか。まあ、ゆっくり見ていって。」

稽古《けいこ》がはじまった。高木《たかぎ》くんは道場《どうじょう》のすみにあぐらをかいて、じっと稽古を見ている。

休憩《きゅうけい》時間になったとき、わたしは高木くんのとなりに正座《せいざ》して面《めん》をはずした。手ぬぐいで顔の汗《あせ》をふきながら話しかけてみた。

「見学してみて、どう？」

「どうっていわれても……わけわかんねぇ。」

高木くんはうんざりしたような口調《くちょう》でいった。

まあ、そうだよね。わたしだってはじめて見たとき、なにをやっているのかさっぱりわからなかったもん。

「つまらなかったら、帰ってもいいよ。あと一時間は稽古があるし。」

帰りたいのかと思って、たすけ船《ぶね》をだすつもりでそういったら、意外な答えがかえってきた。

「いや……いいよ。もうちょっと見てく。」

びっくりして高木《たかぎ》くんのほうを見ると、高木くんはじっと前を見つめていた。視線《しせん》をたどると、その先にいたのは茜《あかね》と太一《たいち》だった。

まだ休憩《きゅうけい》時間なのに、茜と太一はもう地稽古《じげいこ》をはじめている。

茜はりんとした姿勢《しせい》でかまえる。すべるようなうごき。まっすぐな跳躍《ちょうやく》。

太一は茜を正面《しょうめん》から受けとめる。竹刀《しない》と竹刀がぶつかりあってきしむ。飛《と》ばされる茜を追って、太一がふみこむ。床《ゆか》がゆれるほどの、強いふみこみ。空気をきりさくような声。竹刀が面《めん》にあたる、重くかわいた音。

高木くんはだまって、それを見ている。

「あー、成美《なるみ》、なにさぼってんだよ。勝負だっていっただろ。」

浩次郎《こうじろう》がやってきて、わたしのうでをひっぱった。

はあ。やらなきゃダメだよね。

わたしははずしたばかりの面をしぶしぶつけた。正座《せいざ》の姿勢から立ちあがったとき、高木くんはわたしを見あげてきいた。

「成美、剣道《けんどう》って正座すんの？」

「うん。最初《さいしょ》と最後《さいご》の礼《れい》とか、面《めん》をつけるときとか……。あと試合《しあい》を見るときとかも正《せい》座《ざ》だけど。」

「ふーん。」

高木《たかぎ》くんは気《き》のない返事《へんじ》をしながら、じっと茜《あかね》と太一《たいち》のほうを見ている。

わたしも浩次郎《こうじろう》と地稽古《じげいこ》をはじめた。ときどき高木くんがわたしのほうを見ているのが感じられたので、ちょっとは剣道《けんどう》のかっこいいところを見せたいと思ったのだけれど、面も小手《こて》も胴《どう》も悲しいぐらいに打《う》たれまくってしまった。この前はなんだったんだろう、っていうぐらいボロボロだった。浩次郎が剣道のかっこよさを十分《じゅうぶん》に見せてくれたから、結果《けっか》オーライなのかもしれないけど。

稽古がぜんぶおわると、高木くんはすわったまま、わたしたちにむかって礼をした。

「きょうはありがとうございました。剣道って、すごく迫力《はくりょく》あるんですね。知らなかったです。」

「そうか、気に入ったか。いつでもおいで。防具《ぼうぐ》も貸《か》してあげるよ。」

監督《かんとく》はきらり、と目を光らせる。

「そうですね。あ……でもどうしよう、サッカーもあるし……すこし、考えてみます。」

わたしはびっくりして高木《たかぎ》くんを見つめた。高木くんがそんなことをいいだすなんて、考えてもいなかった。ただ、太一《たいち》のすごいところを見せたい、という思いでつれてきただけだったのに。

「じゃあ、失礼《しつれい》します。」

高木くんは立ちあがろうとした。そのとたん、よっぱらいみたいによろよろっとよろけて、前につんのめって……。

思いっきりバタン、とたおれた。

浩次郎《こうじろう》は「プッ」とふきだした。茜《あかね》も、こらえきれずにちょっと顔をゆがめている。

わたしもわらいかけて……。

気がついた。

高木くん、いま、正座《せいざ》してた。いつからだろう？　えーっと、わたしと浩次郎の地稽《じげい》古《こ》を見ていたときには……正座で見ていたような気がする。っていうことは、休憩《きゅうけい》時間から、一時間以上《いじょう》ずっと？

むむむ。くやしいけれど、モテる人って、やっぱりモテるなりの理由があるのかも。

わたしが最初《さいしょ》に見学にきたときには、どうだったかな。正座《せいざ》なんてほとんどできなくて、体育ずわりで見ていた気がする。思いかえすとはずかしい……。

そのとき、太一《たいち》が高木《たかぎ》くんにむかって手をさしだした。

「だいじょうぶ？」

高木くんはむくっと頭を起こし、太一を見あげた。ちょっとムッとしたような顔にも見える。

「うるせーよ、だいじょうぶだよ。」

うでを床《ゆか》につっぱって立ちあがろうとしたけれど、やっぱり足に力が入らないようで、生まれたての子羊《こひつじ》みたいな体勢《たいせい》になってしまった。

太一は高木くんのうでをとって、かるがると引っぱりおこした。

「とちゅうまでいっしょに帰ろうか。」

太一は高木くんのうでを自分の肩《かた》にまわす。

「うるせーよ、だいじょうぶだよ。」

高木《たかぎ》くんはもう一度そういったけれど、さっきより弱々《よわよわ》しい口調《くちょう》だった。太一《たいち》はかまわずに歩きだす。

「だいじょうぶ……じゃねえわ、マジで。」

高木くんは子羊《こひつじ》みたいにふるえている自分の足を見て、急にわらいだした。

「やべえな、これ。ちょっとやべえわ。」

高木くんは「やべえ、やべえ」を連発《れんぱつ》しながら大わらいしている。つられて太一もわらいだした。

「あ、わたし、太一の防具袋《ぼうぐぶくろ》もっていこうか。」

うしろから声をかけると、太一は肩《かた》ごしに笑顔《えがお》をむけた。

「ありがと、成美《なるみ》。」

すると、太一の口調《くちょう》をまねて高木くんも肩ごしにいった。

「ありがと、成美。」

ふたりは顔を見あわせて、また大わらいしている。

よくわかんないけど、とにかく、きょうは高木くんをつれてきてよかったってことだよね？

太一《たいち》と高木《たかぎ》くんは、明るい光がさしている戸口《とぐち》のほうへ、肩《かた》を組んで歩いていく。わたしはふたり分の防具袋《ぼうぐぶくろ》と竹刀袋《しないぶくろ》をせおい、よろよろとふたりを追いかけていった。

作　あさだりん

1970年東京都生まれ。早稲田大学第一文学部卒。現在は長野県松本市在住。日本児童文学者協会会員・信州児童文学会会員。作品に『まっしょうめん！』がある。

絵　新井陽次郎
（あらいようじろう）

1989年埼玉県生まれ。アニメーター、監督。スタジオジブリを経てスタジオコロリドに移籍。初監督作「台風のノルダ」で文化庁メディア芸術祭アニメーション部門新人賞受賞。

参考文献
『心・技・体を強くする！ 剣道　練習メニュー200』
（香田郡秀 監修、池田書店、2012年）

偕成社
ノベルフリーク

まっしょうめん！
小手までの距離

2018年12月　1刷
2020年 5 月　2刷

作者＝あさだりん
画家＝新井陽次郎

発行者＝今村正樹
発行所＝株式会社 偕成社　http://www.kaiseisha.co.jp/
〒162-8450 東京都新宿区市谷砂土原町 3-5
TEL 03(3260)3221（販売）　03(3260)3229（編集）
印刷所＝中央精版印刷株式会社　小宮山印刷株式会社
製本所＝株式会社常川製本
NDC913 偕成社 206P. 19cm ISBN978-4-03-649080-6

本のご注文は電話、ファックス、またはＥメールでお受けしています。
Tel: 03-3260-3221 Fax: 03-3260-3222 e-mail: sales@kaiseisha.co.jp
乱丁本・落丁本はおかえいたします。

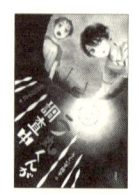

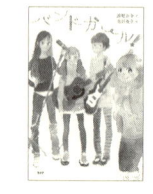

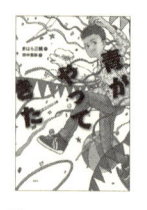

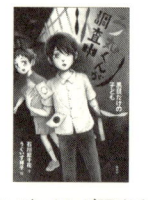

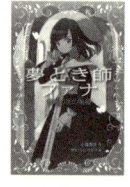

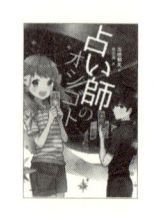

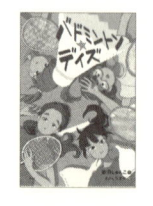

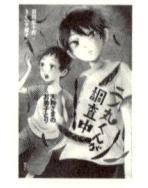

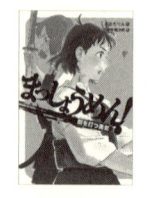